달섬 세계고전
23

황금시대

케네스 그레이엄

The Golden Age

황금시대

임보라 옮김

달섬

목차

황금시대

서언: 신들 7

휴일 13

백옥처럼 하얀 영혼을 가진 삼촌 25

난투 32

공주님 찾기 42

지루함과 죄 52

소년 큐피드 61

도둑들 70

추수 81

눈 속에 갇히다. 92

개네들의 이야기 100

모험가 107

도마의 길 122

비밀 서랍 137

엑시트 티라누스 146

푸른색 방 155

무너지다 170

놀만큼 놀았느니라 180

- **작품 해설** 191
- **케네스 그레이엄 연보** 202

서언: 신들

인생의 문이 내 등 뒤에서 닫히기 전, 그러니까 나의 옛 시절을 되돌아보면 이런 생각이 든다. 앞으로 내가 말할 모든 일들이 부모라는 올바른 장비를 가진 어린 애의 눈에는 다르게 보였을 거라고. 하지만 가장 가까운 사람이 고작 이모나 삼촌뿐인 어린애는 조금 특별한, 조금 다른 마음 상태를 갖고 살기 마련이다. 이들은, 정말이지, 우리의 신체적 요구까지는 친절하게도 잘 들어 주었다. 그러나 그 너머에 대해서는 일러고도 하지 않았고 (생각컨대 그런 무관심은 모종의 멍청함이 빚어낸 결과이리라) 따라서 이 어린애는 동물에 지나지 않는다고 믿어 버리는 것이었다. 나는 아주 어린 시절에 상당히 객관적이고 온화한 방식으로 그런 멍청함의 존재를 알아냈던 것을, 그리고 그 멍청함이 세상에 얼마나 엄청난 해악을 끼치는 가에 대해서도 알아챘던 것을 기억한다. 내 안에서는 고집스럽고 변덕이 죽 끓으며 변화 무쌍한, 어떤 강력한 힘에 대한 인식이 슬슬 고개를 들고 있었다. '뭐 그냥 그렇게 하기로 정했어' 라고 지껄이는 어떤 힘 말이다. 그 힘은, 예컨대, 우리보다 능력도, 자질도 안 되는 사람들이 우리를 지배하도록 권세를 줬다. 사실 우리가 그들을 지배하는 것이 훨씬 더 이치에 합당할 텐데도 말이다. 이 윗사람들, 그러니까 순전히 운이 좋아서 우리 위에 군림하는 자들에겐 어떤 존경심도 가질 수가 없었다. 단지 그들의 운에 대한 질투와 그것을 제대로 이용도 못하는 무능함에 대한 연민이 뒤섞인 감정만 느낄 뿐. 실로, 인생을 즐길 수 있는 완전한 기회를 갖고 있으면서도 그 기회를 제대로 활용하지 못한다는 점은 이들이 지닌 안타까운 특성들 중에서도 가장 안타까운 특성이었다. 이들의 습성에 대해 생각하는 것은 시간 낭비이긴 하지만 어쩌다 생각해 봤더니 그렇더라는 얘기다. 하루 종일 연못에서 물장구치며 놀거나 닭사냥을 하거나, 비싼 나들이 옷을 입고 나무에 오르거나, 대낮에 화약을 사거나, 잔디밭에서 대포를 쏘거나 광산을 폭파시키는 놀이를 할 수도 있을 텐데 어찌된 일인지 그들은 이런 일들은 하지 않는 것이었다. 일요일마다 이들을 성당에 붙잡아 놓는 저항불가의 힘 따위는 없었다. 하지만 그들은 매주 제 발로 성당에 갔다. 우리만큼이나 성당 가는 것을 딱히 좋아하지는 않았는데도 말이다.

대체적으로 이 신들의 삶에는 재미라고는 하나도 없었다. 그들의 움직임은 한정되어 있었고, 느려 터졌으며, 하나 같이 틀에 박힌 습관에 빠져 있었다. 이들은 눈에 보이는 것 말고는 도무지 볼 줄을 몰랐다. 이들이 보기에 과수원(요정이 출몰하는 신기한 곳!)은 많은 양의 사과와 체리를 만들어 내는 곳이었다. 혹은 그러지 않는 곳이었다. 대자연의 실패라는 것은 종종 있는 일이니 말이다. 어른들은 전나무나 개암 나무 숲엔 발도 들이지 않고 그 속에 어떤 신기한 것들이 숨어 있는지에 대해 관심도 없다. 옛 나일 강의 신비한 원천 같은 것은 그들에겐 신비한 일도 아니었다. 어른들은 인디언에 대해서도, 들소나 총을 든 해적들에 대해서도 신경을 쓰지 않았다. 온 세상이 그런 경이로운 것들로 가득차 있었는데도 말이다. 그들은 강도들의 동굴을 탐험하거나 숨겨진 보물을 캐 내는 일에도 전혀 관심이 없었다 어른들은 대부분의 시간을 집 안에서 보내는, 실로 놀라운 무리들이었다.

확실히 보좌 신부님은 다른 어른과는 다른 특이한 인물이었다. 신부님은 과수원 저 너머의 목초지는 물소떼가 노니는 대초원이며 우리는 모카신과 도끼를 들고 함성을 질러 앞으로 있을 피 냄새를 알리며 말을 타고 달렸다는 정보를 그대로 받아들여 주셨던 거다. 신부님은 어른–신들이 그러하듯 우리를 비웃지 않으셨다. 특이하고 별난 분이셨던 신부님은 어떻게 하면 그런 종류의 대형 사냥감을 더 잘 잡을 수 있는지에 대해 알려 주셨고, 우리는 신부님의 원숙함과 저명함은 물소에 대한 실용적 지식 없이는 얻어진 것이 아니겠거니 생각했다. 뿐만 아니라 신부님은 늘 급작스럽게 적군이나 인디언 무리가 되어 나타나시기도 했다. 요컨대 그 분은 우리가 보기에 매우 능력있고 재능있으며 다른 어른들과는 비교도 안 되는 분이셨다. 나는 그 분이 지금쯤은 주교 자리에 올라 계실거라 믿는다. 신부님은 우리가 보기에 그리 되고도 남으실 분이셨으니까.

이 요상한 어른들을 찾아 오는 방문객들이 가끔 있었다. 방문객들 역시 이 어른들과 매한가지로 메마르고 생기 없는, 그리하여 이렇다 할 관심사도 없는 어른-신들이었다. 홀연히 구름을 뚫고 나타나 목적 없는 삶을 질질 끌면서 다시 어디론가 홀연히 사라지는 자들. 그러고 나면 어김없이 우악스런 힘이 나타나 우리를 잡아 씻기고 억지로 깨끗한 옷으로 갈아입히곤 하는 것이었다. 그럴때면 우리는 늘 그렇듯 조용히 복종했다. 분노라기보다는 경멸감에 몸을 떨며 말이다. 윤기 나는 머리털을 하고 억지 미소를 지어가며 우리는 들으나 마나 한 얘기들을 얌전히 듣고 앉아 있었다. 이성을 가졌다는 사람들이 어쩌면 그런 식으로 자신들의 소중한 시간을 보낼 수 있었던 걸까? 아무리 생각해도 모를 일이었다. 그럴 때마다 우리는 항아리를 만들기 위해 오래된 점토 채취장으로 향하거나 곰을 잡으러 개암나무 숲으로 향하곤 했던 거다.

이 어른-신들은 예컨대 식사 중에 이런 저런 사회, 정치적 아둔함에 대해 말하면서 마치 이런 것들이 인생의 중요한 사안이라도 되는 양 이야기를 하고 또 했는데 이 점은 정말이지 아무리 생각해도 매번 놀라운 일이었다. 예지력을 가진 철인인 우리 어린이들은 조용히 밥이나 먹고 있었지만 사실 머리속에는 갖가지 계획과 음모가 가득차 있었고 어른들에게 인생이란 뭔지 한 수 가르쳐 줄 수도 있었다. 우리는 그저 집 밖에서만 그런 것을 공유했다. 물론 우리는 어른들에게 우리의 생각을 드러내는 바보짓 따위는 하지 않았다. 그런 짓이 얼마나 쓸데없는가는 증명된 지 오래 됐으니. 생각과 목적이라는 것이 있던 우리, 적대적인 어떤 힘, 반드시 피해야 하는 어떤 힘에 맞서 필연적으로 싸워야 했던 우리에게는 우리 자신 말고는 친구가 없었다. 우리는 어른이라는 이 희한한 존재들로부터 점점 더 멀어져 갔다. 차라리 다정한 짐승들이 더 가깝게 느껴질 정도였던 거다. 어른들은 자기들의 잘못은 인정하거나 심지어 변호하려고도 하지 않으면서 우리들의 권리는 묵살하곤 했는데 이럴 때마다 우리는 이건 아니다, 정의롭지 못하다는 생각을 했고 그 결과 우리는 그들로부터 점점 더 심하게 멀어질 수밖에 없었다. 예를 들어 보겠다. 고양이를 창문 밖으로 획 던져 버린 일이 있었다. (악의로 한 행동은 아니었고 고양이는 다치지도 않았단 말이다) 몇 분 반성한 후 나는 신사답게 내 잘못을 인정하려고 했다. 그런데 내게 이럴 기회가 주어 졌었냐고? 아니, 절대로! 이런 일도 있었다. 해롤드가 이웃집 돼지를 못살게 굴었다고 하루 종일 자기 방에 갇혀 있었던 일이 있었다. 그런데 정말로 그가 그랬겠는가. 해롤드는 문제의 그 돼지와 아주 친한 사이였단 말이다. 마침내 진짜 범인이 잡혔지만 그런데도 어른들은 그에게 제대로 된 사과 한 마디 하지 않았었다. 당시 해롤드는 감금된 것이 슬펐던 게 아니었다. 친구들의 도움을 받아 곧장 창문으로 탈출했고 시간에 맞춰 방으로 다시 돌아갔으니 말이다. 그가 목격했던 건 어른-신들의 습관이었다. 사과 한 마디면 끝날 것을. 끝끝내 어른들은 사과라는 것을 하지 않았다.

그래, 어른-신들은 이제 모두 세상을 떴다. 태양은 예전처럼 밝게 빛나지 않고 그 넓던 옛 초원은 쪼그라들어서 이젠 바둑판만 해졌구나. 슬픈 생각, 쓸데없는 의구심만 밀려든다. 한때 나는 목가적 천국에서 살았었지. 나 역시 어른-신이 될까.

휴일

바람이 아침의 신처럼 고래고래 고함치며 높게 불어댄다. 포플라 나무는 이리저리 세차게 흔들린다. 죽은 나뭇잎은 떨어져서 공중으로 날아간다. 그리고 맑게 갠 하늘은 거대한 하프마냥 음악에 몸을 떠는 듯.

바야흐로 한 해가 막 깨어나려 하고 있었다. 대지는 잠이 덜 깬듯 미소지으며 기지개를 켜고 있었다. 만물이 벌떡 일어나 요동치고 있었다. 휴일이자 생일이었다. 하지만 누구의 생일인지는 중요하지 않았다. 우리 중 누군가가 선물을 받고, 판에 박힌 좋은 말을 듣고, 이유 없는 영웅심으로 고무되는 날. 그러긴 했으나 휴일은 모두를 위한 날, 모두가 자연을 만끽할 수 있는 날, 모두가 햇볕을 쐬며 물웅덩이 놀이, 울타리 부수기 같은 야외 놀이를 즐길 수 있는 날이었다. 나는 말 새끼 처럼 초원을 달리며 날 보며 미소짓는 자연과 교감했다. 하늘은 그야말로 파란 색을 뽐내고 있었고 겨울의 홍수가 남기고 간 널찍한 웅덩이는 하늘의 파란색을 기가 막히도록 아름답게 반사하고 있었다. 어떤 손길 같은 것이 내 작은 몸 속에 있는 무언가를, 그리고 구석에 피어있는 앵초꽃 안에 있는 무언가를 태우는 것 같았다. 나는 적어도 하루 동안 만큼은 가르침이나 훈계에서 벗어나 햇볕 충만한 자연으로 뛰어 나갈 수 있었다. 내 다리는 알아서 달렸다. 비록 등 뒤에서 누가 내 이름을 소리 높여 부르는 것이 들리긴 했으나 나는 계속 달렸다. 해롤드인 것 같았다. 해롤드의 다리는 내 다리보다는 짧았지만 나보다 오래 더 잘 달리곤 했다. 잠시 후 다시 내 이름을 부르는 소리가 났다. 하지만 이번엔 좀 더 희미하게, 중간 중간 끊기면서. 나는 멈춰섰다. 샬롯이었다.

샬롯은 헐떡이며 내 옆에 있는 잔디에 털썩 주저 앉았다. 나와 샬롯 어느 누구도 굳이 말을 하고 싶지 않았다. 이런 완벽한 아침을 만끽하며 존재하고 있다는 사실 자체만으로도 더없이 만족스러웠으니까.

"해롤드 어딨어?" 내가 물었다.

"걔는 만날 머핀 장수 놀이만 하잖아," 샬롯이 뾰로통하게 말했다. "휴일 온 종일 머핀 장수나 되고 싶은 모양이지 뭐."

이상한 노릇이었다. 하지만 해롤드는 자신만의 놀이를 발명해서 누구의 도움도 없이 놀이를 했고, 지칠 때까지 그 새로운 놀이에 푹 빠져 있었다. 어쨌거나 해롤드는 머핀 장수였고, 밤낮없이 복도와 계단을 돌아 다니며 소리 안나는 종을 흔들어 대면서 보이지 않는 사람들에게 보이지 않는 머핀을 나누어 주고 있었다. 볼썽사나운 놀이였다. 하지만 집안에서 상상 속의 종을 흔들어 대며 상상 속의 사람들에게 상상 속의 머핀을 나누어 주며 돌아다니는 일은 한편으로는 그럴싸한 놀이였다. 비록 아름답게 빛나는 아침과 조화를 이루는 놀이는 아니었지만.

"그럼 에드워드는 어딨어?" 나는 또 물었다.

"지금 오고 있어." 샬롯이 말했다. "우리가 도랑에 도착할 때쯤 해서 도랑에 웅크리고 있을 거야. 곰 흉내를 내면서 우리를 향해 튀어나온다고 했어. 내가 이 말 했다고 에드워드한테 절대 말하지 마. 깜짝 쇼를 벌이고 싶어 하니까."

"알았어." 내가 말했다. "가서 당해 주자." 하지만 나는 이런 날엔 심지어 곰 마저도 평범해 보인다는 생각을 하지 않을 수 없었다.

아니나 다를까 우리가 길에 들어서자 곰 한 마리가 튀어 나왔다. 그 다음엔 비명 소리, 으르렁 대는 소리, 총 소리, 영웅적인 행동이 등장했고 마침내 에드워드는 데굴데굴 구르더니 쓰러져 죽었다. 다 아는 얘기지만 곰 역할을 맡은 사람은 결국 언젠가는 죽어야 한다. 나이에 상관없이 말이다. 그렇지 않으면 삶은 온통 결투와 학살로 물들 것이고 미물의 시대가 인간이 힘들여 일군 문명을 몰아낼 테니까. 이 사소한 소요는 모두가 만족하는 방향으로 끝났고, 우리는 길을 걷다가 도중에 해롤드, 머핀 없는 해롤드를 만났다.

"너 어떻게 할래?" 샬롯이 물었다. 이렇게 갑자기 묻는 것이 샬롯의 주특기였다. "만약 네가 길에서 사자 두 마리를 보면, 그러니까 길 양 쪽에 한 마리씩 서 있고 묶여 있는지, 풀려 있는지 알 수 없는 사자 두 마리를 본다면 어떻게 할래?"

"어떻게 할 거냐고?" 에드워드가 호기롭게 소리 질렀다. "나는… 나는… 나는…"

자신감 넘치던 목소리는 어디 가고 이렇게 중얼대는 에드워드. "어떻게 할 건지 모르겠어."

"아무 것도 하면 안돼." 생각 끝에 내가 말했다. 현명한 판단을 내리는 건 이다지도 어려운 법이다.

"뭔가를 하는 것으로 말할 것 같으면," 해롤드가 말했다. "사자들은 자기들이 할 수 있는 모든 걸 할 거야, 안 그래?"

"하지만 좋은 사자들이라면," 샬롯이 끼어 들었다. "상대가 원하는 것을 해 줄거야."

"그런데 넌 좋은 사자와 나쁜 사자를 어떻게 구별할래?" 에드워드가 말했다. "책에는 그런 게 안 나와. 그리고 좋은 사자라고 해서 나쁜 사자와 생김새가 다르지도 않잖아."

"좋은 사자 같은 건 없어." 해롤드가 말했다.

"아냐, 엄청나게 많아." 에드워드가 말했다. "동화책에 나오는 사자는 거의 다 좋은 사자야. 안드로클레스의 사자도 있고, 제롬 성인의 사자도 있고, 그리구, 그리구, 또 사자와 유니콘도 있잖아."

"사자가 결국 유니콘을 이기거든." 해롤드가 말했다.

"그게 바로 그 사자가 좋은 사자라는 증거야." 에드워드가 의기양양하게 말했다. "하지만 문제는 네가 사자를 보았을 때 그 사자가 좋은 사자인지 나쁜 사자인지 어떻게 알 수 있냐는 거야."

"마사에게 물어보면 되지." 순진하기 짝이 없는 해롤드가 말했다.

에드워드는 조롱하듯 콧방귀를 뀌었다. 그리곤 샬롯에게 말했다. "여길 봐봐. 사자 놀이 하자. 내가 저기 구석으로 가서 사자가 될게. 길 양쪽에 한 마리씩 있는 두 마리의 사자가 될

테니 봐봐. 그 다음엔 너희들이 오는 거야. 그 다음엔 내가 묶여 있는지 안 묶여 있는지 모를 거고. 재밌겠다, 그치?"

"됐거든." 샬롯이 단호하게 말했다. "넌 내가 가까이 갈 때까지만 묶여 있다가 그 다음엔 풀려 있을 거잖아. 그 다음엔 나를 갈기갈기 찢어 버릴 거고. 그 다음엔 내 옷을 더럽히고, 그 다음엔 내 몸에 상처를 낼 거 잖아. 나는 너희 사자 놈들이 어떤 놈들인지 잘 안다구!"

"아냐, 안 그래. 절대 안 그러겠다고 맹세할게." 에드워드가 말했다. "나는 이번엔 아주 새로운 사자가 될게. 네가 상상도 못할 사자 말야." 에드워드는 자기가 말했던 그 구석 자리로 뛰어갔다. 샬롯은 잠시 망설이다가 마지못해 발걸음을 뗐다. 걸을 때마다 점점 더 샬롯답지 않아지면서. 무슨 무언극 매우 마냥, 근심 가득한 순례자 마냥. 샬롯이 다가갈 때마다 사자의 분노는 점점 심해졌고 울부짖는 소리가 허공을 가득 채웠다. 나는 두 사람이 놀이에 완전히 몰입할 때까지 기다렸다가 길을 빠져나와 아무도 없는 초원으로 향했다. 나는 비사교적이지도 않았고, 그렇다고 해서 에드워드의 사자에 대해 질릴 만큼 잘 알고 있었던 것도 아니었다. 다만 성스러운 아침이 날 부르는 소리가 내 피 안에서 끓고 있었을 뿐.

자연으로 돌아가라! 이 말은 솔직하고 유쾌한 말이다. 대자연이 목청 높여 노래하여 피조물을 흥분시키고 지배할 때면 인간의 말과 가식은 정말이지 별 볼일 없는 것이 되어 버리기 마련이다. 공기는 포도주요, 보드라운 흙 냄새 또한 와인이다. 종달새의 노래, 들판 저 쪽에 있는 외양간에서 나는 냄새, 멀리 보이는 기차에서 나오는 연기, 이 모든 것이 포도주요, 노래였다. 안 그런가. 어릴 적 나는 이 모든 것, 그러니까 내가 느끼는 바, 자연이 뿜어 내는 이 모든 것을 표현할 언어를 갖고 있지 못했다. 사실 그 이후로도 그걸 표현할 언어는 찾지 못했다. 난 여기저기 소리치며 뛰어 다녔다. 나는 진창에 구두굽이 박히는 것도 아랑곳하지 않았다. 물 웅덩이를 막대기로 탁 쳐서 다이아몬드 비가 내리게 하기도 했고, 흙 덩어리를 아무렇게나 하늘 높이 던져 보기도 했고, 노래를 부르기도 했다. 말은 죄다 헛소리였다. 노래는 즉흥적인데다가 높고 낮은 음을 지루하게 반복했지만 당시 내게는 신정한 발화이자 유일하게 완벽한 것으로 보였다.

다정한 바람은 늘 나무 꼭대기에서 나를 부드럽게 불렀다. "나를 오늘 너의 안내인으로 삼으렴." 바람은 내게 이렇게 말하는 것 같았다. "지난 휴일엔 둔해 빠진 태양을 안내자로 삼고 뛰놀았잖니. 이 무단 결석생아, 저녁엔 창백하고 표정없는 달을 친구삼아 피곤한 발을 질질 끌며 집으로 돌아갔지? 오늘은 나랑 놀자. 나는 야바위꾼이거든. 난 구석을 휙 돌았다가, 세차게 달렸다가, 사라졌다가, 다시 또 힘을 회복해서 달렸다가 하거든! 너의 가장 좋은 안내인이 되어 줄게. 왜냐면 나는 말도 못하게 변덕스럽고 엉터리 제왕인데다가 무책임하고 원칙도 기준도 없기 때문이야." 나로 말하자면, 나는 언제든 이 친구의 유머에 녹아들 준비가 되어 있었다. 휴일이니까. 그리하여 우리는 팔짱을 끼고 함께 다녔다. 나는 내 친구를 완전히 믿고 고삐 풀린 그가 이끄는 대로 돌아 다녔다.

나는 그가 상당히 엉뚱한 친구임을 알게 됐다. 장난이었는지 아니면 어떤 의도가 있어서였는지는 모르겠지만 그는 나를 한쌍의 연인이 있는 곳으로 데려 왔다. 보통의 경우 나는 이런 광경을 보게 되면 이들이 참으로 대책없는 얼간이 같다고 느낀다. 두 마리의 송아지가 문 하나를 놓고 코를 비비고 있는 광경은 자연스러우며 이상하지 않다. 그러나 할 일 많은 인간 둘이 이런 짓을 하다니! 맞다, 이런 종류의 광경은 빨리 피하고 더 이상 생각 않는 것이 상책이다. 그러나 오늘 아침엔 내가 만나는 모든 것이 대기 중에 떠다니는 마술 같은 감촉의 영향을 받는 것 같았다. 나는 내가 이들을 지나쳐 갈 때 이 얼빠진 인간들을 경멸의 눈빛이 아니라 다정한 눈으로 바라보고 있다는 것을 깨닫고 상당히 놀랐다. 정말이지 화해를 부르는 어떤 힘이 존재하고 있었다. 유쾌한 대기와 조화를 이루는 힘 말이다.

내 친구가 휙 하니 입김을 불자 나는 이내 새로운 곳, 성당이 보이는 곳에 왔다. 성당은 느릅나무에 둘러싸인 채 홀로 자리 잡고 있었다. 두 개의 작은 다리가 뭔가를 훔치느라—신성모독이라고까진 말할 수 없지만—제의실 창문 밖으로 튀어나온 채 버둥대고 있었다. 독실한 사람들은 사악한 행위라 할 테지만. 몸의 다른 부분은 보이지 않았지만 나는 그 다리가 누구 것인지 잘 알고 있었다. 그 다리는 마을에서 행실 나쁘기로 소문난 빌 손더스의 것이었다. 나는 빌이 훔치려는 것이 뭔지도 잘 알고 있었다. 그건 신부님의 물건과 함께 찬장에 보관되어 있던 비스킷 통이었다.

잠시 망설이다가 나는 내 갈 길을 갔다. 나는 빌 편이 아니었다. 하지만 그렇다고 해서 신부님 편도 아니었다. 게다가 이 비도덕적인 아침에는 뭔가가, 즉 신부님만큼이나 빌도 그 비스킷을 먹을 권리가 있다고, 그리고 신부님보다는 빌이 비스킷을 더 맛있게 먹을 거라고 내게 말해 주는 것 같은 뭔가가 있었다. 어쨌거나 그건 논쟁의 여지가 있는 문제였고, 내가 상관할 바가 아니었다. 나와 친구 먹은 대자연은 세상의 비스킷

이 과연 누구 것인가에 대해 전혀 관심 없었고 자신의 친구 누구도 사회를 지키는 경찰관 노릇을 하느라 시간 낭비하길 바라지 않았다.

집요한 안내인인 내 친구는 나를 다시 잡아 끌었다. 나는 그를 따라다니며 그가 나에게 보여주고 싶어하는 것이 참 많다는 것을 알게 됐다. 정말이지 그는 많은 것을 보여 줬다. 죄다 인간의 법 따위와는 상관 없는 것들. 푸른 대기의 바다에서 펄럭이는 해적의 검은 깃발처럼 매 한 마리가 앉아 있었다. 이내 매는 울타리로 내려 왔는데 순간 가늘고 날카로운 울음 소리가 들려 왔다.

내가 현장에 도착했을 때는 흩뿌려진 전단처럼 빠져 있는 깃털만이 방금 일어난 비극에 대해 말해 주고 있었다. 그러나 대자연은 그저 웃으며 노래할 뿐. 인정머리 없이, 명랑하고, 공정하게. 누구 편도 들지 않는 대자연이 볼 때 매나 되새나 다 똑같은 것. 모두가 대자연의 자식이고 따라서 자연은 어느 누구도 더 예뻐하지 않는다.

더 얘기해 볼까. 고슴도치 한 마리가 길에 죽어 있었다. 아니, 죽은 것 이상이었다. 쇠퇴했다고나 할까. 활발하게 돌아다녔던 녀석의 모습을 기억하는 사람이라면 누구라도 슬퍼할 광경이었다. 대자연은 이 조그만 아들의 죽음을 슬퍼하며, 이 녀석의 헛된 목표, 거절된 야망, 갑자기 절단 난 이 녀석의 삶을 슬퍼하며 눈물 한 방울 떨어뜨릴 법도 했다. 하지만 눈물 한 방울 없었다. 늘 그러하듯 기뻐하며 노래를 이어 나갔다. 삶 속의 죽음이 죽음 속의 삶으로 바뀌는 것일 뿐이라 여기며 말이다. 주위를 둘러보니 양들이 갉아먹은 순무가 보였다. 심장을 파 먹힌 순무를 보면서 나는 대자연의 노래 속에는 뭔가 가혹한 것이 들어 있음을 희미하게나마 알게 됐다.

눈에 보이지 않는 내 친구 역시 노래를 불렀다. 가끔 부드럽게 웃는 것처럼 보이기도 했다. 아마 내게 가르치고 있는 이상하고도 새로운 것들을 생각하며 웃고 있는 모양이었다. 그는 별 볼일 없는 인간인 나와 함께 있는 것이 지루해질 때쯤이면 나를 내가 아는 어떤 장소에 버려두고 휭하니 사라지곤 했다. 눈을 들었을 때 내 앞에는 오래 된 태형 기둥이 엄숙하게 서 있었다. 기둥 옆에는 기둥이 주는 무언의 가르침을 조롱한 자들의 이름의 첫글자가 새겨져 있었고, 법과 질서를 감히 조롱한 자들의 손목을 묶었던 쇠고랑이 여전히 달려 있었다. 늘 그렇듯 내가 할 수 있었던 것은 서둘러 집으로 향하는 것 뿐. 나는 나의 도덕적 꼬리를 두 발 사이에 끼운 채 불편한 마음으로 뒤를 흘끗거리며 집으로 향했다.

문 밖에서 나는 혼자 울고 있는 샬롯을 만났다. 추측컨대 에드워드가 샬롯에게 숨어 있으면 깜짝 놀래키며 찾아 줄 거라고 살살 구슬려 말해 놓고 정작 푸줏간 마차가 나타나자 자기가 했던 말을 까맣게 잊고 마차를 타러 간 모양이었다. 그리고 해롤드는 올챙이 잡으러 연못에 간 듯 했다. 이것은 그 자체로는 문제가 안 됐다. 하지만 뒷문으로 살그머니 들어가려고 하는 순간 해롤드는 개구리밥을 뒤집어 쓴 채 이모에게 덜미를 잡혔으며 그 즉시 방에 갇혔다. 이건 휴일에 받는 벌 치고는 상당히 심한 벌이었다. 태형 기둥의 교훈이 작동되는 순간이었다. 나 역시 놀라운 일을 당했다. 집에 돌아오자 마자 내가 심지어 생각하지도 않은 일을 했다는 누명을 뒤집어 쓴 채 잡히게 됐던 거다. 나는 차라리 내가 그 일을 저질렀기를 진심으로 바랄 정도였다.

백옥처럼 하얀 영혼을 가진 삼촌

우리들의 작은 삶 속에서 볼 때 또 다른 삼촌이 도시에서 오는 날은 많은 일이 일어나는 날이었다. 삼촌이 오면 우리는 그의 성격과 자질을 주의깊게 살펴보곤 했다. 우리는 이전의 삼촌들도 저울질을 해 봤다. 결과는 형편 없었지만 말이다. 토마스 삼촌은 처음부터 엉망이었다. 그가 사악한 성격을 갖고 있었다는 말이 아니다. 그의 습관이 정상적인 인간 관계를 영위하는 데 맞지 않았다는 말도 아니다. 그의 고질적인 확신, 즉 어린 애들의 존재 이유는 어른의 엉터리 농담(혹은 농담처럼 보이는 것)에 장단을 맞춰주는 것이라는 확신이 문제였다. 우리는 한 번이라도 그가 제대로 된 농담을 해 주길 바랐다. 그리하여 우리는 아침 식사 후에 공구실에 모여 그의 농담에 대해 토론하고 연구했다. 하나 하나 찬찬히, 비판적으로 말이다. 하지만 소용 없었다. 삼촌의 농담은 구제 불능이었다.

가장 나이가 어린 조지 삼촌은 그래도 토마스 삼촌 보다는 나았다. 삼촌은 우리와 함께 유쾌하게 여기 저기 다니면서 암소에게 일일이 자신을 소개하고, 돼지의 친구가 되어 주었으며, 분홍 눈을 가진 한 쌍의 히말라야 토끼들이 불시에 언젠가 도시에서 이 곳으로 오게 될 거라고 귀띔해주기도 했다. 우리가 이 비옥한 땅에서 기니 피그와 흰담비의 특성에 대한 삼촌의 견해들이 어떻게 꽃을 피우게 될 것인지 생각해 보려던 순간, 우리의 가정 교사가 나타났다. 그 즉시 조지 삼촌의 태도는 완전히 변해 버렸다. 제대로 된 대화 주제에 대해 지금까지 그가 보였던 관심은 언제 그랬냐는 듯 사라졌다. 스메들리 선생님은 셀리나를 산보 시키러 나왔다는 그럴싸한 핑계를 대셨다. 하지만 나는 그날 셀리나가 나랑 또 다른 남자 애와 함께 빈둥대며 아침을 보냈다고 분명히 말할 수 있다. 스메들리 선생님이 그 날 아침 누군가와 산책을 하셨다면 그것은 조지 삼촌과 함께였을 거다.

조지 삼촌의 행동은 비열하긴 했으나 우리는 삼촌에 대해 선부른 판단을 내리진 않았음을 밝혀둔다. 우린 그의 결점을 다양한 각도에서 살펴보았으나, 결국 삼촌은 선천적으로 못된 습성을 갖고 있고 영양가 없는 인간들만 사귄다는 슬픈 결론을 내리게 됐다. 스메들리 선생님을 매일 보는 우리는 선생님의 면면을 너무나도 잘 알고 있었다. 선생님은 그야말로 매력도 없었고, 이렇다할 특성도 없었으며 게다가 성격도 안 좋으셨다. 뭐, 선생님은 영국 왕들의 재위 기간을 달달 외우고 계시긴 했다. 하지만 그거랑 조지 삼촌이 뭔 상관? 삼촌은 우리의 활과 화살을 맘대로 갖고 놀았다. 군인은 무기 선택을 할 때 한 순간도 망설이지 말아야 하는 법이었으니까. 조지 삼촌은 완전 엉망 진창이었다. 따라서 우리는 만장일치로 삼촌을 내 놓은 사람 취급했다. 히말라야 토끼가 배달되는 일 따위는 일어나지 않았는데 이 사건은 가뜩이나 안 좋은 삼촌의 평판에 쐐기를 박고 말았다. 결론적으로 말하면, 삼촌들이라는 작자는 하등 쓸모없는 물건에 지나지 않으며 굳이 취급할 필요가 없다. 근래에 인도에서 돌아온 윌리엄 삼촌 역시 다른 삼촌들과 마찬가지로 찬찬히 뜯어봐야 한다는 것이 우리들의 공통된 견해였다. 멋진 동양의 향취를 묻히고 온 사람이니 신나는 얘기가 나올 수도 있지 않겠는가.

셀리나가 옥신각신 실랑이를 벌이다가 내 정강이를 걷어 찼다. 이 놈의 가시내가! 한 손으로 정강이를 문지르고 있는데 찬성표를 얻은 그 삼촌이 오더니 건성 건성 내 다른 손을 잡고 악수를 하는 것이었다. 나이 들고 소심해 보이는 윌리엄 삼촌은 우리의 지저분한 손을 잡고 악수를 한 후 차례로 우리 손을 내려놓았다. 그러더니 어색하기 짝이 없는 쾌활한 어조로 말했다. "얘들아 안녕? 만나서 반갑다." 우리는 이 첫 만남 만으로는 삼촌이 어떤 인물인지 도통 알 수 없었기 때문에 그저 서로를 멀뚱멀뚱 바라 보고만 있었다. 그럴 수록 긴장감은 더 커졌다. 사실 삼촌이 머무는 동안 내내 그의 정체는 여전히 미궁 속에 있었다. 나중에 얘기하는 자리에서 어떤 애가 말하길, 삼촌은 중대한 범죄를 저지른 전력이 있었을지도 모른다는 것이었다. 하지만 나는 삼촌이, 비록 불행해 보이는 사람이긴 했지만, 정말로 무슨 죄를 지었으리라고는 생각하지 않았다. 한 두 번 나는 삼촌이 우리를 온화한 표정으로 바라보는 것을 본 적이 있다. 내가 보고 있다는 것을 발견하자 얼굴이 빨개지며 고개를 다른 데로 돌리긴 했지만.

이상의 칙칙한 분위기가 마침내 걷혔을 무렵, 우리는 시무룩한 채로 감자 저장 창고에 모였다. 윌리엄 삼촌을 역까지 모셔다 드리라는 명령을 받고 나간 해롤드만 빼고 말이다. 우리는 만장일치로 윌리엄 삼촌에 대해 어떤 선고든 내려야 한다고 생각했다. 셀리나는 삼촌이 우리에게 심지어 반나절의 휴일도 허락하지 않았다는 점을 들어 삼촌을 짐승같은 인간이라고 못 박았다. 사실 우리는 뭔가 선고를 내리는 일 말고는 딱히 할 일도 없었다. 막 선고를 내리려는데 해롤드가 나타났다.

그의 붉어진 얼굴, 똥그란 눈, 그리고 알 수 없는 거동은 뭔가 일어났다는 것을 암시하고 있었다. 해롤드는 아무 말도 하지 않고 서 있었다. 잠시후 바지 주머니에서 손을 쓰윽 꺼내더니 때에 쩔은 손바닥에 하나, 두울, 세엣, 네엣, 무려 네 개의 은화를 펴 보여주었다. 우리는 완전히 넋이 나가서 숨 소리도 내지 않은 채 아무 말도 못하고 은화를 바라 보았다. 일찍이 우리 중 아무도 그렇게 많은 돈을 본 사람이 없었다. 해롤드가 입을 열었다.

"윌리엄 삼촌을 역까지 데려다 드리러 갔는데 말야, 가는 도중에 역장님네 가족 얘기를 해 드렸지. 짐꾼 아저씨랑 우리 집 살림 도우미 누나랑 뽀뽀한 거, 삼촌이 잘난 척도 하지 않고 얼마나 좋은 분인지도 얘기했어. 그것 말고도 삼촌이 좋아하실 것 같은 얘기를 해 드렸는데 별 관심 없이 하시더라고. 담배를 몇 모금 피우며 걸어가시다가 이렇게 말씀하셨다는 생각이 들어. 말씀하셨다는 게 아니라 말씀하셨다는 생각이 든다는 말이야. '그래, 이제 다 왔다.' 역에 도착했을 때 삼촌은 갑자기 멈춰 서시더니 '잠깐만 기다려라.' 라고 말씀하셨어. 그러시더니 이 돈을 내 손에 쥐어주셨지 뭐니. 그리고 말씀하셨어. '얘야, 다른 애들이랑 나눠 가져라. 이걸로 갖고 싶은 걸 사거라. 대신 어른들께는 비밀이다. 얼른 집으로 가라.' 그래서 나는 얼른 집으로 왔지."

좌중에 정적이 감돌았다. 그 정적을 깬 건 쬐끄만 샬롯이었다. 샬롯은 꿈을 꾸듯 말했다. "이 세상에 그렇게 훌륭한 분이 계시다니 믿을 수가 없어. 그 분이 오늘 밤 돌아가신다면 분명 천국으로 직행하실거야." 하지만 죄책감에 빠진 셀리나는 목청 높여 엉엉 울었다. 경솔하게도 이 백옥처럼 하얀 영혼을 가진 삼촌을 짐승이라 불렀던 과오를 뉘우치면서.

"우리가 뭘 해야 하는지 알려 주겠어." 에드워드가 분연히 일어나며 말했다. 이 녀석은 늘 이렇다. "얼룩이 돼지에게 삼촌 이름을 따서 세례명을 붙여 주자. 아직 이름이 없잖아. 이 정도면 우리가 뉘우치고 있다는 걸 보여줄 수 있을 거야."

"저기, 나, 내가 오늘 아침에 돼지에게 세례명을 붙여 줬어." 해롤드가 몹시 미안해하며 털어 놨다. "보좌 신부님의 세례명을 붙여 줬어. 지난밤에 오셨었다구. 너희들은 모두 일찍 자러 들어갔잖아. 나는 그렇게 할 수 밖에 없었어!"

"이런. 하지만 문제 없어." 에드워드가 황급히 말했다. "왜냐하면 우리 모두가 그 자리에 있었던 건 아니니까. 돼지에게서 보좌 신부님 세례명을 취소하고 대신 윌리엄 삼촌이라고 부르기로 한다. 다음 번에 새끼가 나오면 그 때는 보좌 신부님 세례명을 쓰면 되지 뭐."

전원 발의에 동의하고 의원들은 식당으로 갔다.

난투

“왕당파, 의회파 놀이 하자. 네가 의회파 해랏!” 해롤드가 말했다.

“또 시작이네.” 나는 졸린 듯 말했다. “어제 했잖아. 그리고 말해 두겠는데 내가 의회파 할 차례 아니거든.” 사실을 말하자면 나는 몸을 움직이기 싫었고 칼싸움 하는 것에 관심이 없었다. 우리 세 명의 어린애들은 과수원에 대자로 누웠다. 태양은 뜨거웠고, 계절은 바야흐로 즐거운 6월이었으며, 생각건대 미나리아재비가 그토록 흐드러지게 핀 것을 본 적이 없었다. 녹색과 금색이 그날의 색깔이었다. 나는 칼싸움이나 하면서 꽥꽥 소리지르고 헉헉대는 것보다 이렇게 편안히 누워서 녹색과 금색의 향연에 빠지는 것이 훨씬 낫다고 생각했다. 하지만 고집불통 해롤드는 요지부동이었다.

“그러면,” 해롤드가 말했다. “원탁의 기사 놀이하자. 내가 란슬롯이닷!"

"란슬롯 안 시켜 주면 난 안 놀 거야." 내가 말했다. 진심은 아니었다. 하지만 기사 놀이에는 늘 이런 식의 입씨름이 등장하기 마련이다.

"한번만, 응?" 해롤드가 사정했다. "너도 알잖아, 에드워드 때문에 내가 란슬롯 못 해 본 거. 몇 주 째 란슬롯을 못 하고 있다구!"

그 말에 나는 아름답게 양보했다. "그래, 좋아. 그럼 내가 트리스트람 할게."

"아, 안돼, 그러지마." 해롤드가 다시 울다시피 했다. "트리스트람은 늘 샬롯이 했잖아. 샬롯은 허락받기 전엔 트리스트란을 못 해. 그러니까 지금은 다른 걸 해."

샬롯은 정면을 바라보며 숨만 거칠게 쉴 뿐 아무 말도 하지 않았다. 샬롯은 자신의 역할이 엉터리 배우 손에 들어가 엉망이 되는 걸 보느니 차라리 교실로 들어가는 것이 낫겠다고 생각하는 것 같았다.

"알았어." 내가 말했다. "아무 거나 할게. 나는 케이 경이닷!"

늘 그렇듯 갑옷 입은 기사들이 숲 속을 누비며 모험을 찾아다니고 악을 물리치기 시작했다. 그러자 5대 1로 싸우던 강도들이 걸음아 날 살려라 자기들의 동굴로 도망쳤다. 늘 그렇듯 숙녀들을 구출하고, 용의 내장을 털어 버리고, 거인들을 무찌르고. 그러는 동안 사라센 사람 팔라메데스는 우물가에서 우리를 기다리고 있었고 피트 경은 겁먹고 달아났다. 늘 그렇듯 카멜롯에서는 모두가 금과 비단으로 치장한 채 즐기고 있었고, 땅은 천둥같은 말 발굽 소리로 흔들거리고, 몽둥이는 조각나서 날아 다니고, 칼 부딪치는 소리가 하늘을 쩌렁 쩌렁 울렸다. 그 날 누가 이겼는지는 불확실했다. 한 번은 이 편이 이겼다가, 한 번은 저 편이 이겼다가. 마침내 란슬롯이 엄숙하게 군사를 헤치고 나아가서 트리스트람 경을 말에서 끌어내리고 (식은 죽 먹기였다) 겁박한다. 그러자 트리스트람 경은 모욕감도 잊고 이렇게 울부짖는다. "당신 나를 해칠 셈이군! 내 옷을 찢다니!" 그러자 케이 경이 그를 구해주러 오다가 갑자기 멈춰선다. 그리고 사과 나무 가지 사이로 저 멀리 진홍색의 뭔가를 발견한다. 말들이 날뛰는 소리가 말 소리, 웃음 소리와 어지럽게 섞여 들려 온다.

"무슨 일인가요? 똑바로 앉아서 머리칼을 흔들며 트리스트람이 물었다.

나는 한 순간 멍하니 서 있다가 외쳤다. "적군이다!" 나는 울타리로 달려갔고 샬롯도 허둥지둥 내 뒤를 따랐다.

느긋한 걸음으로 애들이 둘씩 걸어 왔다. 녀석들의 눈은 진홍색으로 불타고 있었고, 뭔가가 유쾌하게 쨍그랑대고 있었다. 승리에 도취된 채 엄청 쨍그랑대며 행진하는 군인들을 향해 애들은 마구 소리치고 손을 흔들어 주었으며 방방 뛰었다. 그러자 기병대는 약간 우쭐대며 화답해 왔다. 그들이 지나가자 우리는 울타리에서 나와 그들 뒤를 따라갔다. 사실 군대라는 것은 일상 생활에 흔히 등장하는 대상은 아니다. 지난 겨울 이런 일이 있었다. 잎사귀 하나 안 보이고 모든 것이 황량하기 그지 없던 어느 오후, 갑자기 사냥개들이 컹컹 짖으면서 울타리를 뚫고 나오고, 두꺼비떼가 말발굽 소리를 내면서 나타나 번쩍대는 붉은 빛을 띄며 여기저기 흩어져 있었다. 마치 전쟁터의 유혈 장면처럼 말이다.

"전투할 거야?" 흥분한 해롤드가 말했다.

"물론." 내가 대답했다. "순비됐어, 시삭!"

나는 좀 더 신중해야 했다. 하지만…

돼지와 닭들은 요즘 이 곳을 둘러싸고 있는 조용함이라는 것을 도대체 간에 모르는 녀석들이었다. 교실에서는 장미 전쟁에 대한 수업 한창이었다. 그리고 말이 나와서 하는 말이지만 수많은 전설들이 그 옛날 왕당파가 어떻게 말을 타고 여기저기 달려 나갔는지에 대해서 우리에게 생생하게 알려 주고 있지 않느냐 이 말이다. 군인은 싸우지 않는다면 달리 할 일이 없는 법이다. 그야말로 우리는 전쟁 놀이의 재미에 도취되어 있었다.

"에드워드가 불쌍해." 해롤드가 말했다. "그 끔찍한 라틴어를 배워야 하다니."

정말이지 그건 심한 일이었다. 우리 중 가장 용맹한 에드워드는 사방 벽에 갇힌 채 지루하게 라틴어 문법을 외우고 있었다. 군인만 보면 정신을 못 차리는 셀리나는 투박하기 이를 데 없는 독일어와 씨름을 하고 있었다. 나이를 먹으면 그에 따르는 벌칙이 있나 보다.

적군이 어떠한 공격도 받지 않고 마을을 통과했다는 소식은 우리에게 엄청난 실망감을 안겨 주었다. 나는 내 부하들에게 마을 집들 전체가 뚫려 있었던 것 같으니 앞으로 단단히 지켜야 할 것이라고 말했다. 하지만 적군의 행태에 대해서는 아무도 이의를 제기하지 않았다. 그들은 범죄자처럼 보일 정도로 조심성 없이 무모하게 굴었는데도 말이다.

마지막 집에 도착했을 무렵 어떤 생각 하나가 번쩍하고 내 머리 속을 스치며 지나갔다. 나는 샬롯에게 집으로 돌아 가라고 엄숙히 명령했다.

조그맣고 유순하지만 상당히 슬픔이 많은 여자애인 샬롯은 내키지 않아 하며 집으로 향했다. 샬롯은 그 날 아무도 죽지 않아서 마음이 무거웠다. 하지만 해롤드와 나는 울타리에서 시체를 발견할지도 모른다는 기대를 하며 주위를 두리번거렸다.

"그나저나 우리 적은 누구니? 인디언? 해롤드가 물었다. "아니면 의회파? 그것도 아니면?"

나는 잠시 생각했다. 해롤드는 언제나 직선적인 대답을 요구한다. 추측이 아니라.

"인디언은 아닐거야." 마침내 나는 대답했다. "그렇다고 해서 의회파도 아니고. 오래 동안 이 근처에서 의회파가 나타난 적이 없거든. 아마도 프랑스인들일거야."

해롤드의 얼굴이 어두워졌다. "알았어." 해롤드가 말했다. "프랑스인이라고 하자. 하지만 나는 인디언이길 바랬는데."

"인디언들이라면," 내가 말했다. "난, 난 더 이상 말 안 할래. 인디언이 널 포로로 잡으면 먼저 네 머리 가죽을 싹 벗긴 다음 불에 태워 버릴거니깐. 하지만 프랑스인들은 그런 짓은 안 해."

"확실해?" 해롤드가 의심스럽다는 듯 물었다.

"응." 내가 대답했다. "프랑스 인들은 바스티유라는 데에 널

가둘거야. 그러면 누군가 빵 덩어리 속에 줄을 숨겨서 너에게 줄거야. 너는 그것으로 창살을 절단낸 다음 동아줄을 타고 탈출하려고 하겠지. 그러면 그들은 너에게 총을 쏘고(하지만 널 때리진 않을 거야), 너는 해변으로 죽어라 달려가서 영국 군함을 향해 헤엄쳐 가는 거야. 알겠어?"

해롤드의 얼굴이 다시 밝아졌다. 작전은 괜찮아 보였다.

"적군이 우릴 포로로 잡으려고 하면 도망칠까 말까?" 해롤드가 물었다.

그 사이 적군이 나타났다. 우리는 문명과는 거리가 멀어보이는, 밤이 되면 사자가 나타날 것만 같은 이상한 곳에 다다랐다. 엷구리가 쑤셔 왔다. 그리고 해롤드의 양말은 줄줄 내려와 있었다. 익히 들었던 프랑스 군대의 용맹성에 대해 의구심이 생기기 시작할 무렵, 장교 하나가 뭐라고 고함치니까 부하들이 모여 들었고 이내 우리 시야 밖으로 사라져 버렸다. 우리가 속은 것 같다는 생각이 들기 시작했다.

"저들이 공격을 할까?" 해롤드가 말했다.

"아닐거야." 나는 긴가민가하며 대답했다. "보통 공격 개시할 때는 장교가 연설을 해. 그 다음에 군사들이 칼을 빼 들고 나팔을 불지, 그러면… 아니, 일단 지름길로 가자. 놈들을 따라 잡을 수 있을 거야."

그리하여 우리는 들판을 가로질러 또 다른 길로 들어섰다. 이후 헉헉대며 몇 개의 들판을 더 지났다. 낙담한 채로, 하지만 여전히 희망을 품고. 해가 지고 보슬비가 내리기 시작했다. 우리는 흙 투성이였고, 헉헉댔고, 거의 패잔병이나 다름없었다. 우리는 계속 실수했고 결국 우리가 한 번도 와 보지 않은 완전히 낯선 길에 들어서게 됐다. 길을 알려주는 표지판 하나 붙어있지 않은 허여멀건 한 길이었다. 우리는 완전히 길을 잃은 것이었다. 보슬비가 계속 내렸고, 저녁이 됐다. 정말이지 엉엉 우는 것이 정당화되는 순간이 있다. 만약 해롤드가 그 자리가 없었다면 나 역시 엉엉 울었을 거다. 그 어린애는 형을 신으로 생각했던 모양이다. 나는 해롤드가 마치 근위대의 보호를 받는 듯 안심하고 있다는 것을 느낄 수 있었다. 하지만 나는 그가 다시 내게 질문 공세를 퍼붓지나 않을까 내심 걱정이 됐다.

나는 아무 반응도 없는 대자연의 얼굴을 그저 멍청히 바라보고 있었다. 그때 바퀴 굴러가는 소리가 났고, 한 줄기 희망의 빛이 내 마음을 스쳐갔다. 놀랍게도 우리를 향해 다가온 것은 할아버지 의사 선생님의 낯익은 마차였다. 하늘이 보내 주신 이 분은 마치 어디선가 갑자기 튀어나온 신과도 같았다. 의사 선생님은 우리를 보시더니 마차를 세우고 명랑하게 인사를 건네시면서 마차에서 내리셨다. 해롤드는 곧바로 의사 선생님에게 달려갔다. "거기 갔다 오셨어요?" 해롤드가 소리치며 말했다. "전투는 어땠어요? 누가 이겼는지 아세요? 많이 죽었나요?"

의사 선생님은 도대체 뭔 소린지 모르겠다는 표정이었다. 나는 간단히 상황을 설명해 드렸다.

"그래, 알겠다." 이렇게 대답하는 선생님의 표정은 진지했다. "사실을 말하자면 오늘은 더 이상 전투가 없을거야. 날씨 때문에 연기됐거든. 전투가 재개되면 공지를 들을 수 있을 거다. 그러니 마차에 타라. 집에 데려다 줄게. 너희들 정말 장비를 차고 있었구나! 이런, 스파이로 잡혀서 총 맞았을 수도 있었겠는걸!"

우리는 이런 위험성에 대해서는 생각도 못하고 있었다. 이 긴장감 때문이었는지 몰라도 집으로 향하는 마차 속, 우리가 몸을 기댄 등받이며 방석이 더욱 포근하게 느껴졌다. 마차를 타고 가는 동안 선생님은 세계 곳곳의 전쟁터에서 몸소 겪었다는 유혈 낭자한 경험담들을 우리에게 들려 주셨다. 아름다운 모든 것을 파괴해 버리고야 마는 시간이라는 존재는 이 모든 이야기들이 순 거짓말이라는 사실을 결국 내게 알려줬지만 그런들 어떤가? 진실보다 더 고귀한 뭔가가 있는 법이다. 집에 도착했을 무렵 우리는 우리의 전투가 연기됐다는 사실을 순순히 받아들이고 있었다.

공주님 찾기

칫솔에 대해 말하자면, 여자 애들은 나이에 관계없이 남자 애들보다 일찍 자기들끼리 칫솔을 구분해서 쓴다. 하지만 우리 남자 애들은 도대체 여자 애들이 그러는 이유를 알 수 없었다. 그렇게 하는 것은 계획된 편애 아닌가. 정신적, 육체적으로 남자애들보다 열등한 여자 애들이나 일삼는? 우리 남자 애들은 칫솔이라는 이상한 물건 자체에 큰 의미를 두지 않았다. 예컨대 에드워드는 자신의 칫솔로 다람쥐 우리를 벅벅 닦았다. 그리고 어른들이 엄하게 지켜 보고 있으면 해롤드 것이든, 내 것이든 상관하지 않고 아무거나 빌려서 이를 닦곤 했던 것이다.

아마도 엄청난 기쁨이 날 압도했었나 보다. 혹은 대자연과 완벽한 아침이 불만과 합쳐졌었거나. 어쨌거나 난 아침을 먹고 지난 주일에 실패했던 기도문(운율도 두운도 없어 굉장히 사람 짜증나게 하는)을 멋지게 외우고 나왔다. 이처럼 많은 것을 해 냈더니 내 안에 있는 조그마한, 본연의 인간이 슬슬 반역을 일으키기 시작했다. 나는 마부 아저씨를 어설프게 흉내 낸답시고 마당에 침을 툭툭 뱉으며 다리를 쩍 벌리고 걸으면서 이렇게 말했다. 수업은 수업을 발명한 인간들에게나 돌려보내라지, 흥. 그날 아침엔 지리 수업이 있었다. 지리는 실용적인 것이므로 배울 가치는 있었다. 하지만 나로 말하자면 난 나만의 여행을 떠날 것이고, 따라서 수입이니 수출이니 인구니 수도니 하는 것들은 내가 다채로운 바깥 세상 구경을 하는 동안 잠자코 가만히 있으면 될 일이었다.

동료 반역자가 필요했다. 대체로 해롤드는 믿을 만한 녀석이었다. 하지만 자만심이 너무 강했다. 일주일 전에 해롤드는 석판을 들이받아 깨고 조그만 지우개용 스펀지가 달린 새 석판을 받았다. 우리는 그 스펀지로 샬롯의 인형 얼굴을 닦아 주었는데 그만 얼굴 색이 벗겨져 버리고 말았다. 이 사건은 샬롯의 마음에 크나큰 공포를 심어주게 됐다. 석판 사건의 전모에 대해선 해롤드 말곤 아무도 정확히 아는 애가 없었다. 하지만 그 사건은 어느 누구도 생각조차 하지 못한 일이었고 따라서 해롤드의 자만심과 허영심을 부채질하는 계기가 됐다. 그리하여 석판을 든 해롤드는 바야흐로 논외의 인물이 된 것이었다. 그렇다고 해서 동료 반역자로 여자애들을 선택할 수는 없었다. 이런 일에 관한 한 여자애들은 지극히 쓸모없는 존재들이다. 걔네들은 의지력도 없는데다 권위를 경멸할 줄도 모르니까 말이다. 그래서 나는 결국 혼자 울타리를 빠져 나와 문명사회의 모두가 얌전히 수업을 받고 있는 동안 길거리에 서 있었다.

익숙한 풍경이었다. 하지만 오늘 아침에는 모든 것이 완전히 달라 보였다. 대담하게 행동하면 모든 것이 새롭고 이상하게 보이는 법이다. 마음에 상처를 입은 한 인간의 이미지는 잉크 얼룩진, 냄새나는 교실을 떠올릴 때마다 더 분명하고 생생하게 다가왔다. 이게 정말 나일까? 아니면 나는 교실에 앉아서 어린 반역자, 따뜻한 태양 아래 서 있는 어린 반역자를 상상만 하고 있는 것일까? 어쨌든 늘 있던 곳에 익숙한 우물이 서 있었다. 사람들은 이 곳에 와서 양동이에 물을 채웠다. 그러면 양동이에서 물이 떨어져서 길이 지렁이 모양으로 젖곤 했다. 사람들은 양동이 안에 납작한 나무 십자가를 넣어 두었는데 이 십자가는 둥둥 떠서 물이 넘치지 않게 하는 역할을 했다. 우리는 어떤 마술의 힘으로 이것이 작동하는지, 누가 그 십자가를 처음 발명했는지, 그 발명가는 그 덕분에 귀족의 작위를 얻게 됐는지 궁금해 했다. 하지만 무엇보다도 그 우물이 가장 수수께끼같은 대상이었다. 왜냐하면 말벌 집이 아주 가까이에 있었기 때문이었다. 말벌의 집은 생각만 해도 무시무시했다. 우리는 말벌에 대해 잘 알고 있었고 정말로 그 녀석들을 싫어했다. 이 성난 오렌지 색의 거대한 짐승은 세 개의 침으로 말도 죽일 수 있으며 웅웅대는 소리를 냄으로써 알아서 피하라고 경고한다. 이 시기에 마을 사람들도 말벌도 굳이 고요함을 깨려 하지 않았다. 삼라만상이 이렇게나 영리하다. 난 우물에서 잠깐 첨벙거리다가 (물을 보고도 엉망으로 만들어 놓지 않고 그냥 지나치는 사내 아이가 어디 있겠는가) 울타리를 지나 말벌이 출몰하는 곳을 피해서 고요한 숲으로 갔다.

길을 황량하다 표현한다면 이 숲은 고독, 개인적인 공간 그 자체였다. 이 곳에는 수수께끼같은 신비함이 도사리고 있었다. 이 곳에서 나무 딸기는 나름의 목적을 갖고 자라고 있었고 묘목들은 인간적인 악의를 품고 내 얼굴을 후려쳤다. 마침내 숲이 끝나고 햇빛 아래 찬란히 흐르는 개울이 나타났을 때 나는 정말로 기뻤다. 개울을 따라 걸으면서 나는 이런 생각을 했다. 대자연은 물쥐를 만들면서 동시에 돌도 만들어 놓은, 참으로 사려깊은 존재구나라고. 급류로는 카누와 수송선이 다니고, 만과 작은 물줄기가 있고, 해적들이 보물을 숨겨둔 동굴도 있고. 현명한 대지 어머니는 뭐 하나 빠뜨리거나 소홀히 만들지 않았다. 계속 걷다보니 얼마나 시간이 지났는지 몰랐다. 그 때 6피트 정도되는 철조망이 내 앞을 막았다. 철조망은 빽빽한 울타리로 둘러싸여 있어 앞이 전혀 보이지 않았다.

흥분이 밀려왔다. 검은 깃발이 가까이에서 펄럭이고 있을거야. 이 곳에는 분명 해적들이 우리가 공격 개시할 때 우리 포함을 방해하려고 만들어 놓은 함정이 있을 거야. 우리 포함이 애 좀 먹겠는걸. 철조망이 이렇게 튼튼하고 울타리가 쳐져 있으니. 하지만 나는 토끼가 어디로 다니는지 다 봐 뒀지. 개울저 밑으로 가더군. 토끼가 다니는 길이라면 사내 아이도 다닐 수 있는 길이라는 말. 비록 배는 고프고 한쪽 발은 개울에 빠지긴 했지만 말이야. 나는 계속 걸었다. 그랬더니 놀라운 광경이 나타났다.

황무지와 복잡한 숲은 온데 간데 없었다. 대신 돌로 마감 처리되고 항아리로 장식된 말끔하고 격조있어 보이는 잔디밭이 나타났다. 대리석으로 만든 작은 연못 속에는 수련이 활짝 피어 있었는데 그 사이로 뭔가 빨간 것이 반짝거려서 봤더니 금붕어였다. 한낮의 태양 아래 고요하고 고즈넉한 풍경이었다. 칠면조는 잔디 위에 잔뜩 웅크린 채 꾸벅꾸벅 졸고 있었고, 금붕어 한 마리 튀어 오르지 않고, 새 한 마리 날아 오르지 않았다. 그렇다면 이 곳이 잠의 정원이라는 말인가!

그 시절 내가 특별히 불신한 대상이 있었는데 바로 사냥터지기와 정원사였다. 하지만 이들이 없다는 것을 확인하고는 공주님을 찾으러 꽃 밭 사이로 걸어갔다. 모든 상황으로 볼 때 분명 이 곳에 공주님이 있다. 공주님이 없다면 이런 치장들이 다 무슨 소용이겠는가. 지붕이 금으로 장식되어 있고 자스민이 둘러진 정자 하나 관목 숲 위로 보였다. 공주님이 어딘가에 있다면 바로 저기에 있을거야. 나는 본능적으로, 그리고 공주들의 습성에 대한 약간의 지식을 동원하여 공주님이 저기 있을 거라 생각했다. 아니나다를까 공주님이 있었다! 하지만 공주님은 조용히 자고 있는 것이 아니라 함께 대리석 의자에 앉아있는 남자 어른의 손에서 자신의 손을 빼 내려고 낑낑 대면서 웃고 있었다.(지금 생각해 보면 둘의 나이는 한 20살 정도 됐던 것 같다. 하지만 애들은 세부적인 것에는 별 관심이 없다. 애들이 볼 때 이 세계에게는 두 종류의 사람만 있는 거다. 애들과 어른. 어른은 절대로 애들보다 낫지 않다. 그저 다를 뿐이지. 그 두 사람은 어른에 속했다.) 나는 멈춰 서서 두 사람이 참 이상하다고 생각했다. 물고기도 잡고 햇볕을 받으며 나비도 잡고 하면 더 좋을 텐데 왜 이렇게 외딴 곳에 둘이 있는 걸까. 이런 생각을 하고 있는데 남자 어른이 나를 발견했다.

"어이, 물고기 같은 녀석아!" 남자 어른이 말했다. "어디서

팔딱거리며 튀어 나온 녀석이냐?"

"개울에서 나왔어요." 나는 예의바르게 설명했다. "공주님을 찾고 있는 중이었고요."

"그렇다면 너는 수영 천재구나." 그가 말했다. "그건 그렇고. 공주님은 어떻게 생긴 것 같니?"

"예쁘다고 생각해요." 내가 말했다. (진심이었다. 나는 아부하는 방법은 몰랐으니까.) "하지만 공주님이 깨 있네요. 누군가가 공주님한테 뽀뽀한 것 같아요."

상당히 그럴싸한 나의 논리에 남자 어른의 웃음보가 터졌다. 하지만 볼이 발그레해진 공주님은 점심이나 먹으러 가자고 했다.

"그러자." 남자 어른이 말했다. "너도 같이 가자, 얘야. 너, 뭔가를 좀 먹고 싶을 것 같은데."

나는 그들을 따라갔다. 그들의 궁전은 호화로웠고 아름다웠으며 한 마디로 궁전다웠다. 공주님보다 좀 더 나이들어 보이는 우아한 여자 분이 계셨는데 아마도 공주님의 엄마 같았다.

내 친구, 남자 어른은 아주 친절했고 나를 올더숏에서 방금 도망쳐 나온 선장이라고 소개했다. 나는 올더숏이 대체 어디에 있는 곳인지 알 수 없었지만 남자 어른 말이 무조건 맞다고 생각했다. 보통 어른들은 사실적인 사안에 관한 한 틀리지는 않으니까. 상상력은 떨어지지만 말이다.

점심 식사는 매우 훌륭했다. 멋진 옷을 입은 신사 한 분(아마도 주인 양반인 듯 했다)이 계셨는데 나를 번쩍 들어 올리더니 의자에 앉힌 다음 내 뒤에 서서 대체 이 꼬맹이가 어떤 녀석인지 곰곰이 생각해 보는 것 같았다. 나는 내가 누군지, 그리고 어디에서 사는지 설명하려고 안간힘을 썼고, 내 칫솔과 해롤드의 석판에 관한 얘기를 들려주며 그들을 즐겁게 해 주려고 노력했다. 하지만 그들이 멍청해서 그런 건지 모르겠지만, 요정의 나라에서는 본래 별 것 아닌 말에도 웃어젖히는 건가? 내 친구, 남자 어른은 다정하게 말했다. "알겠다, 얘야. 개울에서 나왔단 말이지. 알았다, 알았어." 주인 양반(점잔빼는 사람인 것 처럼 보였던)은 대화에 끼지 않았다.

점심을 먹은 후 나는 공주님과 내 친구, 남자 어른과 함께 테라스를 걸었다. 내 자신이 자랑스러웠다. 나는 남자 어른에게 내가 뭐가 되고 싶은지에 대해 말했고, 남자 어른도 내게 자신이 뭐가 되고 싶은지에 대해 얘기해 줬다. 내가 말했다. "둘이 결혼하실거예요?" 남자 어른은 요정 답게 껄껄 웃었다. 나는 말했다. "결혼 안 하실 거라도 반드시 하셔야 해요." 왜냐하면 이처럼 제대로 된 궁전에 사는 공주님을 발견한 남자가 공주님과 결혼을 하지 않는다는 것은 우리가 익히 알고 있는 전통에 위배되는 것이기 때문이다.

이 말에 공주님과 남자 어른은 웃었다. 내 친구는 자기들이 산보를 하는 동안 나는 연못에 가서 금붕어를 보아야만 한다고 말했다.

졸음이 밀려 왔다. 남자 어른은 공주님과 함께 자리를 뜨기 전에 은화 두 닢을 내 손에 쥐어 주면서 다른 수영 천재 친구들이랑 맛난 것을 사 먹으라고 말했다. 나는 이 훌륭한 우정의 표시에 감동한 나머지 울음을 터트릴 뻔 했다. 나는 그의 관대함에 정신 팔려 있었기 때문에 공주님이 가기 전에 몸을 굽혀서 내게 뽀뽀를 해 주었다는 사실에 그다지 신경을 쓰지도 못했다.

나는 그들이 저 멀리 사라지는 것을 바라보았다. 요정의 나라에서는 팔이 허리를 감는 것이 어쩌면 이리도 자연스러워 보이는 걸까. 나는 볼을 차가운 대리석에 댄 채, 이 세계든, 마법 세계든, 하여튼 어디에서든 벗어나서 꿈 나라로 갔다. 잠에서 깼을 때 해는 져 있었고, 차가운 바람에 잎사귀가 흔들리고 있었으며, 잔디밭에 있던 칠면조는 비를 맞고 있었다. 순간 공포심이 밀려 왔고 나는 죄인마냥 정원에서 뛰어 나와 정체 모를 무서움에 떨면서 집으로 향했다. 은화는 그대로 있었고 손으로 만져졌다. 하지만 산적이 우글대는 숲 속을 안전하게 지나 은화를 지킬 수 있을까. 그날 밤, 나는 지치고 꾀죄죄한 모습으로 부엌 창문을 통해 집으로 살금살금 들어갔다. 차 안 마시고 내 방으로 곧장 들어가는 게 최고인데. 하지만 모험을 마치고 집에 돌아갔을 때 항상 그러하듯 인정 많은 살림 도우미 누나가 살그머니 뒷 계단으로 와서 다 식어 버린 푸딩을 주고 날 위해 깊은 애도를 표현해 주었다. 살림 도우미 누나의 위로를 듣고 있자니 내 살 거죽이 마치 북 마냥 팽팽하게 긴장되는 것 같았다. 얼마 후 나는 꿈 나라로 갔다. 그 곳에서 통통하게 살이 오른 금빛 잉어가 된 나는 은화를 왼쪽, 오른 쪽 지느러미에 살포시 끼워 넣었다. 그러고 나서 주둥이를 수련 잎사귀에 갖다 댔더니 상미 꽃 같은 공주님이 내게 뽀뽀를 해 주었다.

지루함과 죄

진달래가 연못 가에 무리지어 피어 있었다. 그 곁에는 많은 생물들이 살고 있었다. 덤불을 헤치고 연못 가에 쭈그리고 앉아서 상상력을 발동시켜 보라. 그러면 당신은 어느 순간 열대 숲의 중심부에 와 있을 거다. 머리 위에서는 원숭이가 찍찍거리고 앵무새가 이 가지, 저 가지로 날아 다니며 주위에는 이상하게 생긴 커다란 꽃이 피어 있고, 눈에 안 보이지만 집채만한 짐승이 이리저리 왔다갔다 한다고 생각해 보자. 유쾌한 전율이 느껴지지 않는가. 그러다 연못을 응시해 보면 인간 본연의 비율에 대한 감각이 확 사라지는 것을 느끼게 될 거다. 물 위에서 왔다 갔다 하는 곤충들은 무시무시한 바다 괴물이 되고, 각다귀는 알바트로스가, 연못은 거대한 바다가 되어 그 위에서는 군함이 떠 다니고, 바다 뱀이 언제라도 튀어나올 것처럼 느껴질 거다.

그러나 인간의 목소리가 들려 오면 열대 숲 상상 놀이도 끝난다. 샬롯이 재잘대는 소리가 나의 은둔을 방해하면 물 먹다가 악어에게 잡히는 사자를 보고 싶다는 내 희망은 순식간에 사라져 버리고 난 일상으로 돌아오고 만다. 샬롯은 항상 그렇듯 혼자 중얼거리며 팔에다가 인형을 끼고, 걱정스런 표정으로 이마를 찡그리며 잔디밭 쪽으로 걸어가고 있었다. 그리고 인형을 나무 그루터기에 기대 놓고는 애들 앞에 앉았다. 예산 때문에 골치 썩는 수상마냥 근심 걱정 가득한 얼굴을 한 채.

그 날 샬롯의 희생양이 된 애들은 제리와 로사였는데 둘 다 체념한 듯 그저 앞만 보고 있었다. 제리는 일본에서 온 소년이었다. 머리털이 곧고 검은 제리는 광목으로 만든 파란색 옷을 입고 있었다. 그 애의 평판은 몹시 안 좋았다. 원래 이름은 제롬이었는데, 계단에 걸려있는 그림 속의 성인(성 제롬)과는 비슷한 점이 없었다. 서양의 성인과 동양의 죄인간에 공통점이 있다면 그것은 정수리에 머리털이 없다는 점 뿐이었다. 로사는 금발 머리에서부터 튼튼한 종아리에 이르기까지 전형적인 영국인으로서 이제껏 세상에 없던, 뭐 하나 나무랄 데 없는 애였다.

나는 처음부터 제리를 탐탁치 않게 여겼다. 그 아이가 우울하게 앉아 있을 때면 치켜 올라간 눈에 악마의 기운이 도사리고 있는 것처럼 보였다. 나는 제리가 어떤 짓을 할 수 있는 녀석인지 잘 알고 있었기에 샬롯에게 무슨 일이라도 일어나지 않을까 걱정스러웠다. 하지만 로사는 별로 신경을 쓰지 않는 것 같았다. 얌전히 앉아서 세상 만사 다 잊었다는 듯이 저 멀리 나무 꼭대기만 바라보고 있었다. 하지만 입술은 앙 다물어져 있었고 눈은 부자연스럽게 빛나고 있었다.

"자, 저번 이야기에 이어서 말하는 거다." 샬롯이 주먹으로 잔디를 쾅쾅 내리치며 말했다. "잘 들어. 너희들이 잠들기 전 내가 특별히 얘기해 주는 거다. 그러니까 말이지… 음, 흰 토끼가 막 달려갔고 앨리스는 토끼가 다시 오길 바랐어. 왜냐하면 토끼는 조끼를 입고 있었고 앨리스의 홍학은 나무에서 날아갔기 때문이지. 아직은 이 얘기 할 때가 아니구나. 잠깐만 기다려봐. 어, 음… 그리고… 어디까지 얘기했지?"

제리는 샬롯이 다시 시작하길 기다리며 그저 가만히 앉아 있다가 로사가 앉아있는 쪽으로 조용히 몸을 기울이기 시작했다. 제리의 머리가 로사의 통통한 어깨에 닿자 로사는 불편해 했다.

샬롯은 제리를 부여잡고 세차게 흔들었다. 샬롯이 말했다. "이봐, 제리, 착하게 굴지 않으면 이야기 안 들려 줄거야."

제리의 얼굴이 어두워졌다. 제리는 이렇게 말하는 것 같았다. "이보슈, 나한테 이러지 마시고 중력의 법칙한테 뭐라 하세요. 불쌍한 꼭두각시 인형한테 따지지 마시라고요. 고아인데다 이방인일 뿐인데."

"자 이제 시작한다." 샬롯이 말했다. "그렇게 해서 앨리스는 마침내 정원으로 들어 왔어. 많이 생략했지만 신경 쓰진 마. 나중에 얘기해 줄게. 그리고 그들은 크로케 놀이를 했어. 그 때 홍학이 왔고 여왕이 소리쳤어. '저 여자애의 목을 베라!'"

이때 제리는 머리털 없이 휑한 정수리를 자신의 무릎 사이에 넣은 채로 갑자기 앞으로 푹 고꾸라졌다. 샬롯은 이번에는 그다지 화를 내지 않았다. 갑자기 이야기가 비극으로 변하자 그 불쌍한 녀석이 감당하기 힘들었니 보다. 샬롯은 제리를 붙잡아 똑바로 앉히더니 코를 닦아주고 다양한 자세로 앉아보게 했다. 녀석이 싫다고 고집부리자 샬롯은 멍하니 앉아있는 로사의 어깨에 녀석을 기대 놓았다. 그러자 내 눈이 번쩍 떠졌다. 제리의 못된 짓거리가 또 시작되고 있었다. 녀석의 수법이 나왔다. 녀석은 계획적이었다. 나는 놈을 주의깊게 지켜 보기로 했다.

"네가 아마 그 정원에 있었더라면," 샬롯이 나무라며 말했다. "그리고 여왕이 '그 남자애의 목을 베라!' 는 명령을 했을 때 지금처럼 이렇게 고꾸라졌더라면 여왕은 아마 네 머리를 쳐 없앴을 거야. 하지만 앨리스는 절대 그런 아이가 아니었어. 앨리스는 이렇게 말했지. '난 당신이 무섭지 않아. 당신은 카드 뭉치일 뿐이야.' 이런! 벌써 결말이 났네. 시작도 못했는데. 난 도저히 이야기를 길게 하질 못하겠어. 그래도 신경 쓰지 마. 다른 얘기를 해 줄테니."

제리는 소기의 목적을 달성했으니 이야기가 끝나든 말든 전혀 신경을 쓰지 않는 것 같았다. 녀석은 천치같이 만족스러운 표정을 지으며 로사의 통통한 몸에 자기 몸을 대고 있었다. 그때 녀석의 한 쪽 팔이 시야에서 사라졌다. 로사의 허리를 감고 있는 건가? 원래 붉은 로사의 볼이 평소보다 더 붉어졌고, 머리는 수줍은 듯 기울어져 있었다. 놈의 손이 로사의 허리를 감고 있는 것이 틀림없었다.

"잠자러 갈 시간만 아니라면," 샬롯이 말했다. "유령 이야기를 들려 줄 수 있을 텐데 말야. 그러면 너희들은 겁 먹고 밤새 유령 꿈을 꾸게 될 거야. 그러니 흰 곰에 대한 얘기를 들려 줄게. 대신 곰이 '우왕!' 해도 소리지르면 안된다. 왜냐하면 이 곰은 정말로 착한 곰이거든."

이 때 로사가 기절해서 뒤로 벌러덩 넘어졌다. 사지가 뻣뻣하게 굳어 있었고 눈은 흐리멍텅했다. 제리가 뭔 짓을 한 거지? 뭔가 아주 못된 짓거리를 한 것이 틀림없었다. 샬롯이 로사를 돌보고 있는 동안 나는 제리를 주의깊게 관찰했다. 녀석은 휘파람을 불면서 그 광경을 바라보고 있었다.

"나 네 잘못이야, 제리." 샬롯이 나무라듯 말했다. 그 때 로사가 의식을 회복했다. "네가 건들지만 않으면 로사는 아무 일 없는 애야. 벌로 너를 구석에다 세워 두겠어. 근데 나무 그루터기엔 구석이 없네? 왜 그런지 아니? 모든 물건에 다 구석이 있다고 생각해 봐, 얼마나 이상해? 하지만 구석이 없더라도 문제없어. 벽을 보고 앉아 있도록 해. 골 난 표정을 하고 있든지 말든지."

제리는 자기 곁에서 구애를 기다리는 듯한 미녀 옆에 있을 것이냐, 아니면 마음의 상처를 입은 채 뚱한 표정을 마음껏 짓는 축복을 누릴 것이냐의 선택지 사이에서 잠깐 망설이는 것 같았다. 그러다가 갑자기 로사의 무릎 위로 쓰러졌다. 열심히 항변이라도 하듯 한 쪽 팔을 위로 쳐든 채 호색한처럼 애원하는 얼굴로 말이다. 로사는 잠시 망설이더니 결국 굴복했다. 제리의 왜소한 몸을 자신의 장엄한 굴복의 무게로 짓누르면서.

샬롯은 잠시 서 있다가 더 이상 못 참겠다는 듯 제리의 몸을 낚아챘다. 그리고는 녀석의 몸뚱이를 로사의 무릎위로 휙 뒤집더니… 그 다음 장면은 차마 못 볼 지경이었다. 나는 고개를 딴 데로 돌렸다. 하지만 야무지게 두드려 패는 소리가 내 귀에 계속 들려 왔다. 다시 고개를 돌려 바라보니 제리는 전과 같은 모습으로 앉아 있었다. 제리의 옷은 구겨져 있긴 했지만 원 상태로 돌아와 있었다. 하지만 녀석의 안색은 창백했다. 녀석의 마음 속에서 얼마나 거대한 열정과 치욕의 화산이 들끓고 있을까 생각하니 잠시나마 녀석이 불쌍하게 느껴졌다.

로사는 자신의 옷에 얼굴을 파묻고 있었다. 수치심에서 그랬던 것일 수도 있고 아니면 제리가 가여워서 그랬던 것일 수도 있고. 하지만 그 냉정한 일본인은 심지어 로사가 있는 쪽을 돌아보지도 않았다. 녀석은 비통한 마음을 금할 길이 없었다. 평소대로 제리는 관습이라는 벽에 자신의 머리통을 세차게 박고는 그게 얼마나 단단한지 몸소 체험했다. 아무 일 없다는 듯 햇볕 쨍쨍한 이 세상이었지만 녀석에겐 온통 암흑처럼 보였다.

샬롯 조차도 녀석의 처참한 몰골에 마음이 좀 누그러졌다. "제롬, 네가 미안하다고 말하면 나도 너한테 사과할게."

제리는 어깨를 축 늘어뜨리고 자기네 나라, 일본이 있는 방향을 뚫어져라 쳐다보고 있었다. 그 곳에선 누구를 사랑한다고 해서 죄인 취급받거나 얻어 터지지 않았는데. 제리는 뭐 하러 자기네 나라를 떴던 걸까. 내일이라도 다시 돌아가면 되는 것 아닌가. 하지만 슬프게도 문제가 있었다. 대자연 어머니는 제리에게 멋들어진 몸과 용모와 감수성을 주었지만 이동 수단을 주지는 않았던 것이다.

내 등 뒤의 덤불에서 바스락대는 소리가 났다. 조그만 증기기관이 짧고 날카롭게 헐떡대는 소리가 들려왔다. 검은 색 리트리버인 롤로가 개줄에서 풀려나 재미거리를 찾아 덤불을 헤치고 튀어 나왔던 것. 나는 롤로에게 멈추라고 말했지만, 녀석은 멈추기는 커녕 연못을 빙 돌아 달려가더니 샬롯에게 요란하게 애정표현을 해서 샬롯을 짜증나게 했다. 그리고는 제리를 확 물더니 그대로 그 애를 저 밑으로 끌고 사라져 버렸다. 샬롯은 바락바락 악을 쓰면서 날쌘 발을 가진 응징자 뒤를 쫓아갔다. 로사는 부스스하게 멍하니 누워 있었다. 제리는 하늘을 향해 힘없이 손을 뻗고 있었다. 살려 달라고, 늦었지만 앞으로는 안 그러겠다고 애원하는 소리가 들리는 것 같았다. 하지만 이미 틀린 일이었다. 검은 개가 제리를 이겼다. 제리의 눈에서 눈물이 떨어졌지만 녀석을 정말로 아는 사람이라면 누구라도 녀석이 당해 싸다고 생각했을 거다.

소년 큐피드

아무도 에드워드가 사랑에 빠졌다는 생각을 못 했을 거다. 녀석이 아침 식사 후에 별 것 아니라는 듯 일부러 무심한 어조로 "누구든 내 토끼에게 밥 주고 싶으면 줘도 돼"라고 말하고는 과수원 쪽으로 쾌활하게 사라지는 광경을 못 봤다면 말이다. 유럽의 지도에 격변이 일어나고 나라들이 흔들흔들 하는 판국이었다. 하지만 강철과도 같은 불문법이 있었으니 바로 소년들은 자기 토끼에게 밥을 줘야 한다는 것이었다. 그러므로 에드워드의 행동은 심히 놀랄 만한 일이었다. 해롤드와 나는 상추 이파리를 따면서 이 일을 심각하게 생각해 봤다.

사실 이 사건은 우리가 신경 쓸 일이 아니었다. 정말이지 우린 개인적으로는 그 일에 별 관심이 없었다. 우리는 단지 조직의 구성원으로서만 그 일에 관심이 있었다. 왜냐하면 하나의 구성원이 정신적, 신체적 질병을 앓게 되면 조직에 끼치는 영향이 상당하므로. 아무래도 가장 의심을 덜 사게 보이는 해롤드가 직접 가서 상황을 알아보는 것이 최선의 방책인 것 같았다. 해롤드의 계획은 이랬다. 우선 우리 토끼들의 건강에 대한 얘기로 시작해서 자연스럽게 일반적인 토끼들에 대한 얘기, 그러니까 이들의 습성과 나쁜 습관 등에 대한 얘기를 하는 거다. 그러다가 슬쩍 여자애들에 대한 얘기로 넘어가서 이들의 태생적 결함에 대해 이야기하고 왜 우리가 그들을 한낱 먼지 정도로 생각해야 하는가를 이야기해 보겠다는 것. 해롤드는 굉장히 외교에 능했다. 녀석은 돌아와서 일이 어떻게 되었는지 말해 주겠다고 했다. 녀석은 기분좋게 임무 수행을 하러 갔다. 하지만 얼마 안가 눈물을 뚝뚝 흘리며 돌아왔다. 외교가 잘 안 됐던 모양이었다. 해롤드는 에드워드가 사기꾼들이 짓는 미소를 억지로 지으면서 과수원을 왔다갔다 하는 것을 보았었나 보다. 해롤드가 토끼에 관한 얘기를 꺼내며 대화를 시작한 것은 좋았다. 하지만 녀석은 순간, 이론과 실제를 분간하지 못하고 이렇게 말했다. 축 늘어진 귀를 가진 에드워드의 암토끼, 뒷다리가 길쭉하고 세상 못나게 코를 씰룩거리는 그 암토끼만 보면 사비나 라킨(옆집 농부 아저씨네 아홉 살짜리 딸내미)이 생각난다고. 그 말이 나오는 순간 에드워드가 획 돌아서더니 자기를 쥐어 팼다고 했다. 팔을 비틀고 갈빗대를 치고 난리도 아니었다고. 그리하여 해롤드는 대성통곡하면서 토끼장으로 돌아왔다. 녀석은 훌쩍대면서 자기가 어른이면 좋겠다고, 그래서 사랑에 빠진 에드워드 놈을 발로 확 차버리면 좋겠다고 말했다. 자신이 왜 태어났는지 후회도 된다고 했다.

나는 에드워드에게 덤빌 수 있을 정도로 체구가 크지 않았다. 그래서 녀석을 달래 주기 위해 당나귀 수레 바퀴에 기름칠을 하도록 허락해 주었다. 그 일은 특별히 나만 할 수 있는 일이었다. 정원사 아저씨네 아들이 내가 새로 온 살림 도우미 누나에게 자기를 좋게 말해 줘서 고맙다고 하며 일 주일 전 내게 특별히 하사해 준 작업이었던 거다. 해롤드는 언제 그랬냐는 듯 환하게 웃으면서 기름칠을 해 댔다. 나는 뭔가 알아낸 것 같아서 기분이 나쁘지만은 않았다.

다행스럽게도 에드워드에 대한 의문을 해결할 기회가 있었다. 그 날 아침은 마침 일요일이었고 이미 성당에서는 종소리가 울리고 있었다. 활기도 흥미도 없는 우중충한 미사 시간이야말로 젊은 남자가 사랑에 대한 공상의 나래를 펴기 딱 좋은 시간이다. 주중에는 사랑 따위에 대해 생각할 겨를이 없다. 하지만 미사 중엔 정말이지 딱히 할 게 없지 않은가. 사실 미사 중에 다들 기도서를 보면서 연도를 하는 동안에는 기도서 책장에 3목두기를 그리며 시간을 때울 수 있다. 하지만 기도서가 필요 없는 강론 시간에는 시간을 때울 방법이 없다. 이럴 때면 우리는 뭐 없나 하는 마음으로 자연히 이리 저리 눈을 굴리며 이 사람 저 사람 신자들을 탐색하게 된다. 바로 그런 일이 몇 달전 내게 일어났다. 간신히 아타나시오 신경을 바치고 있는데 빵장수 아저씨의 부인에게 내 시선이 꽂히고 말았다. 그녀의 원숙한 매력은 또래 여자애들에게 한 번도 마음 설레 본 적 없던 내 가슴을 단번에 사로잡았다. 그녀가 결혼한 여인이라는 사실 따위가 내 사랑을 방해할 수 없었다. 그 날 아침 에드워드의 태도는 분명 뭔가 있어 보였다. 하지만 더 지켜볼 필요는 있었다. 라킨씨네 가족은 우리 뒷 자리에 앉아 있었다. 따라서 에드워드가 사비나의 매력을 음미할 수 있는 유일한 기회는 우리가 동쪽으로 몸을 돌리는 그 찰나의 순간 뿐이었다. 내 생각이 맞았다. 아니나 다를까 '거룩하시도다'를 부르고 있는 동안 그 참을성 없는 녀석은 몇 번 자기 몸을 돌리려고 시도했으나 실패했다. 하지만 결국 "처음과 같이 이제와 항상 영원히 아멘"이라는 기도 문구가 채 절반도 끝나기 전에 녀석은 몸을 돌리는데 성공했다. 확실한 증거였다. 더 볼 것도 없었다.

명백한 사실이 드러났으니 이제 다음 단계는 결판을 내는 것이었다. 나는 강론 내내 그 생각만 하고 있었다. 내 태도에 공정치 못하거나 몰인정한 요소 같은 것은 없었다. 나의 철학은 다른 어느 것과도 충돌하지 않았으므로 얼마든지 용인될 수 있다고 생각했다. 하지만 에드워드가 미사 시간의 4분의 1동안이나 보인 화산처럼 폭발하는 열정은 일을 망치기에 충분했다. 상황은 더 나빠게 굴러갔다. 다음 주에 이웃 마을에 서커스 단이 올 예정이었으나 어른들은 우리들을 서커스에 절대로 못 가게 했던 것. 에드워드가 못가는 서커스는 아무 소용이 없었다. 나는 에드워드에게 성당에 가는 길에 서커스에 가자고 얘기해 봤지만 녀석은 광대를 생각하기만 해도 신물이 난다는 짧은 대답만 되돌려 줄 뿐이었다. 병적인 상태는 빨리 끝을 내야 했다. 하지만 강론 시간은 별 소득없이 끝났다. 나는 침울한 기분으로 집으로 걸어오면서 비너스가 불길한 방향으로 향하고 있다고 생각했다.

그런데 무슨 운명의 장난인지 엘리자 숙모가 데우스 엑스 마키나(불가능한 상황을 해결해 주는 힘. 역주) 역할을 하게 됐다. 숙모는 일요일 점심마다 가까이 사는 농부들과 마을 사람들을 방문하는, 아주 불쾌한 습관을 갖고 있었다. 숙모는 남자애 한 명을 골라서 같이 데려갔는데 가기 싫다고 해도 소용없었다. 그것이 예의 범절에 맞고 또 그 애의 정신 건강에도 좋다고 생각했던 모양이다. 나는 주로 그 희생양이 되었다. 나랑 숙모의 첫 번째 방문지는 라킨씨 댁이었다. 그 댁에서는 격식을 매우 중요하게 생각해서 다들 마치 엘리자베스 여왕 마냥 우아하고 고상하게 행동했다. 천장이 낮고 오크나무로 장식이 된 응접실에는 케익과 포도주가 차려져 있었고, 몇 마디 예의 차린 말들이 오고갔다. 엘리자 숙모는 몹시 점잔을 빼면서 라킨 부인과 얘기를 나눴다. 라킨씨와 나는 변덕스런 날씨와 옥수수 가격 하락을 놓고 열심히 대화했다. (이 대화를 듣는다면 누가 우리더러 단 이틀 전에 울타리를 사이에 두고 말싸움을 한 사람들이라고 하겠는가. 나는 아저씨의 화를 돋구면서 의기양양하게 조롱해 댔고, 아저씨는 버럭버럭 열을 내면서 욕을 해 대며 싸웠었다. 참으로 예의라는 것은 대단한 힘을 가졌다.) 한편 사비나는 자신의 무릎에 『천로역정』을 펴 놓고 아름다운 삽화가 그려진 책장을 열심히 보고 있는 척 하고 있었다. 간간히 수줍은 듯 나를 바라보면서 말이다. 하지만 엘리자 숙모의 방해 때문에 나는 사비나의 아름다움을 제대로 관찰할 수 없었다.

숙모가 말했다. "우리 젤 큰 조카인 에드워드는 얼마나 자기보다 어린 여자애들을 무시하는지 몰라요. 어느 날 에드워드가 샬롯에게 널 일본산 기니피그 한 쌍이랑 바꿔버리고 싶다고 얘기하는 걸 들었어요. 그 말에 샬롯이 엉엉 울더군요. 남자애들에겐 인정머리라는 게 없어요." (나는 앉아있는 사비나의 몸이 굳어지고 그 애의 코가 비꼬듯이 움찔거리는 것을 보았다.) "여기 있는 이 애는 말이죠… " (가슴이 철렁했다. 이 여인은 정말이지 내가 빵장수 아저씨네 아줌마를 호색한처럼 바라봤다는 얘기라도 하려는 것인가?) "이 애는 말이예요," 숙모가 말을 계속했다. "훨씬 더 인간미가 있다니까요. 어제 제 여동생을 빵집에 데려가서 가진 돈을 탈탈 털어 사탕을 사줬지 뭐예요. 정말 착한 아이 아닌가요. 에드워드가 이 아이를 좀 닮으면 좋을텐데."

나는 한숨을 쉬었다. 내가 빵집에 간 진짜 이유를 굳이 설명할 필요는 없었다. 사비나의 표정이 좀 풀렸고 조롱하느라 올라갔던 코는 다시 내려와 있었다. 사비나는 나를 수줍은 듯 온화하게 한 차례 바라보더니 이내 『천로역정』에 집중하기 시작했다. 에드워드를 생각하니 내가 참으로 비열한 놈인 것 같았다. 하지만 나보고 어쩌라고? 성서에서처럼 나는 입을 틀어막히고 꽁꽁 묶인채 가자에 있었다. 필리스티아 인들이 나를 에워싸고 있었다.

그날 밤 폭풍이 몰아쳤고 빗장이 떨어졌다. 저녁 미사는 평소보다 일찍 끝났다. 신부님께서 강론대에 올라 가실 때 강론

원고 중 두 장이 바닥으로 떨어졌던 것. 우리 빼곤 그 사실에 대해 아무도 몰랐다. 그 당시에도, 그 이후에도 말이다. 그리하여 즐거운 마음으로 성당에서 나오면서 나는 에드워드에게 최고로 빨리 집으로 달려가서 엘리자 숙모가 돌아오기 전에 숙모의 닭(앞으로 뭔 일을 당할지 모르는 채 어슬렁대는 닭들)을 가지고 '인디언과 물소 놀이'를 하고 활쏘기 놀이를 하자고 말했다. 에드워드는 시큰둥해 했다.

그 때 사비나가 나타났다. 사비나는 에드워드를 보더니 정말 정말 최고로 짜증나게 혀를 내밀며 녀석을 조롱했다. 그러더니 휭하니 갈 길을 가는 것이었다. 어깨는 팍 굳어진 채로 앙증맞은 머리통을 꼿꼿이 쳐들고 말이다. 남자는 사랑을 위해선 많은 것을 참을 수 있다. 가난도, 숙모도, 경쟁자도, 그 어떤 장애물도. 이 모든 것들은 사랑의 불꽃을 더 타오르게 할 뿐. 하지만 연인의 조롱은 급소를 찌르는 화살 같은 거다. 에드워드는 문학에 등장하는 전쟁 영웅들 조차도 따라잡을 수 없는 엄청난 속도로 집으로 뛰어 갔다. 그날 저녁 에드워드는 인디언이 되어 엘리자 숙모의 닭들을 무서운 기세로 휘젓여 놓아서 오늘 날까지도 그 뒷얘기에 대해선 아무도 모른다. 에드워드 코친 차이나 종 수탉을 엄청난 기세로 쫓아다녔다. 그 결과 수탉은 창문 밑에서 헉헉댔으며 수탉의 짝은 그 꼴을 보고 겁에 질려 있었다. 저녁을 먹은 후 에드워드는 길거리에서 반쯤 피우다 만 담배 꽁초를 집어 들더니 피우는 시늉을 했다. 그리고는 군대에 가버리겠다고 선언하는 것이었다.

이로써 위기는 지나갔고 에드워드는 구출됐던 것이다! 하지만… 하지만 말이다, 월계수를 배경으로 한편으로는 창백하게 보이기도 하고, 한편으로는 빛나 보이기도 하는 그 담배 꽁초를 바라보고 있자니 에드워드의 들창코와 조롱하듯 삐딱하게 기울어 있던 그의 작은 머리통의 잔상이 애처롭게, 혹은 누군가를 나무라듯 저녁 어둠 속을 서성이는 것 같았다. 그 잔상은 마치 히죽대는 사람의 미소처럼 나타났다 사라졌다 다시 나타났다 하기를 반복했다. 그러는 동안 빵장수 아저씨의 부인이 지닌 매력은 내 기억 속에서 스르르 사라졌다. 사비나를 욕할 일이 아니었다. 그 애가 뭐 때문에 욕을 먹어야 하는가. 내일 라킨씨가 뒷 마당에 있는 동안 그 집 정원 쪽을 슬슬 돌면서 에드워드와 사비나에게 쪽지나 던져 놓고 와야겠다. 아무 일도 안 일어난다 해도 상관없고. 하지만 만약에 뭔 일이 일어난다면…!

도둑들

너무나도 아름다운 밤이라서 바로 잠자리에 들기 아쉬웠다. 그래서 시계가 아홉시를 쳤는데도 에드워드와 나는 잠옷을 입고 열린 창문에 기댄채 달빛 비치는 잔디밭에 나뭇가지의 그림자가 비치는 것을 보면서 내일 아침 날이 밝으면 무슨 놀이를 할 것인지에 대해 이야기하고 있었다. 아랫 층에서 피아노 소리가 들려왔다. 어른-신들이 재미없고 따분하기 짝이 없는 그들 고유의 방식으로 즐기고 있는 모양이었다. 새로 오신 보좌 신부님이 그 날 저녁 식사에 초대받으셨던 거다. 신부님은 성직자 답지 않게 마치 '다 덤벼'라고 공언하신 듯 했다. 신부님이 부자연스럽게 목소리 높여 말씀하시는 것을 보고 에드워드의 마음 속에 뭔가가 떠올랐었나 보다. 에드워드가 말했다.

"새로 오신 보좌 신부님이 마리아 이모에게 마음이 있으신 것 같어."

"뭐라고? 이모는 늙었잖아." 내가 대답했다. 이모는 스물 다섯 살 정도 되었었다.

"물론 늙었지." 에드워드가 대답했다. "이모가 아니라 이모의 돈에 마음이 있으시단 얘기야."

"이모에게 돈이 있는지 몰랐는데?" 내가 말했다.

"분명히 있어." 에드워드가 확신에 차서 말했다. "왕창 쌓여 있다니까."

침묵이 흘렀다. 우리 둘 다 이 새로운 국면을 어떻게 받아들여야 하는지 당황스러웠다. 보좌 신부님은 뛰어난 크리켓 선수이자 남자 어른 아닌가.

"보비 페리스가 말해 줬는데," 에드워드가 말했다. "자기네 누나랑 재미를 본 형이 있었대."

"재미를 보는게 뭐야?" 내가 물었다.

"나도 몰라." 에드워드가 관심 없다는 듯 말했다. "그건… 그건 말야… 어른들이 하는 거야. 보비는 그 둘 사이에서 쪽지나 물건을 전달해 주고 거의 매번 1실링씩 받았대."

"뭐라고? 양 쪽 다에게서?" 내가 물었다.

에드워드는 한심하다는 듯 나를 바라보고는 이렇게 말했다. "여자들은 돈이 없어. 보비네 누나는 보비의 숙제를 대신 해 주기도 하고, 보비가 이야기를 듣고 싶어하면 이야기도 해 줬지. 보비는 자기가 지어내는 이야기보다 누나의 이야기가 훨씬 재밌다는 것을 알았거든. 여자들은 어떤 면에선 쓸모가 있어. 어쨌든 보비는 누나 덕에 폼나게 살고 있었어. 그러다가 둘은 뭔가를 놓고 대판 싸우게 됐지.

"그게 보비네 누나랑 그 형 얘기와 뭔 관계가 있어? 도대체 뭔 소리야?" 내가 물었다.

"나도 뭔 소린지 몰라." 에드워드가 말했다. "하지만 어쨌든 보비네 누나랑 형 사이에 오가던 쪽지와 물건이 딱 멈추게 됐어. 그리고 돈벌이도 끝났지. 보비는 완전히 궁지에 몰렸어. 흰담비를 외상으로 사고 일주일에 일 실링씩 갚기로 했었거든. 돈이 계속 들어올 거라 생각했던 거지. 멍청한 놈. 그렇게 일주일이 가 버리고 돈이 궁해지자 보비는 그 형에게 가서 이렇게 말했대. '형네 애인 벨라가 비통해 하면서 해질녘에 만나재요. 예전처럼 오크 나무 근처에서 잠깐 동안만이라도요. 꼭 나오서야 해요!' 보비는 이런 말들을 케케묵은 옛날 책에서 따왔지. 그 형은 황당하다는 듯 말했어. '무슨 오크나무? 나는 모르는데?' '아마도 로얄 오크나무일걸요?' 궁지에 몰린 보비는 아무말이나 해서 대충 둘러댔지. 녀석은 그 케케묵은 책을 너무 믿었던 나머지 말 실수를 했던 거야. 이 말을 듣고도 그 형의 기분은 별로 나아지지 않았어."

"그랬겠지." 내가 말했다. "로얄 오크나무는 엄청 후진 술집 이름이잖아."

"나도 알아." 에드워드가 말했다. "어쨌거나 그 형은 이렇게 말했대. '너네 누나가 뭔 말을 하는지 알겠다. 너네 아버지네 방목장에 있는 나무를 말하는 것 같은데. 그건 느릅나무야. 하지만 너네 누나가 그 차이를 알 리가 없지. 알겠다. 내가 거기가 있겠다고 전해 줘.' 보비는 잠깐 뜸을 들였어. 돈을 못 받았기 때문이지. '누나가 엄청 울었어요.' 보비가 말했어. 그러자 돈을 받았단다."

"그 형 말야," 내가 물었다. "가보니 아무도 없어서 화 안 났대?"

"그 곳에는 보비가 있었지." 에드워드가 화를 내며 말했다. "보비란 녀석은 뼈 속까지 신사야. 녀석은 그 형에게 누나가 줬다는 쪽지를 건넸어. 쪽지엔 이렇게 적혀 있었지. '나 집에서 못 나가. 잔인하기 이를데 없는 우리 부모님이 나를 방에 가뒀거든. 내가 얼마나 고통을 받고 있는지 네가 안다면 좋겠어. 비탄에 빠진 너의 벨라가.' 다시 한번 그 썩어 빠진 책에서 글귀를 가져 왔던 거야. 그 형은 쪽지를 읽고 살짝 의심을 하게 됐어."

"하지만 어떻게 의심을 하게 됐단 얘기지?" 내가 물었다.

"나도 모른다고." 에드워드가 짜증을 냈다. "나는 보비한테 들은대로 말하고 있을 뿐이야. 어쨌거나 그 형은 의심을 품게 됐지만 벨라의 동생을 거짓말쟁이라고 부를 순 없었어. 덕분에 보비는 당시 위기를 모면할 수 있었지. 하지만 일 주일 후 보비는 어려운 프랑스어 숙제 때문에 궁지에 몰렸고 누나에게 다시 한번 전과 같은 수법을 쓰다가 누나의 성질을 긁고 말았어. 그러다 혼줄이 났지. 어찌 보면 여자는 남자보다 더 사람을 못 믿는 것 같어. 여자들은 태생적으로 무지하게 의심이 많아."

"그래, 그 얘긴 됐고." 내가 말했다. "그래서 그 형이랑 누나는 화해했대?"

"그건 몰라." 에드워드가 관심 없다는 듯 말했다. "하지만 보비는 원래 계획보다도 1년이나 더 일찍 학교에 가게 됐어. 그건 바로 보비가 원하던 바였지. 결국 모든 게 좋게 끝났다고 볼 수 있지."

나는 이 모든 이야기의 교훈이 뭔지 생각해 보려고 안간힘을 썼다. 이야기 어딘가에 교훈이 있긴 하겠지. 그 때 전등에서 나오는 금빛 불빛이 달빛과 섞였고 마리아 이모랑 새로 오신 보좌 신부님은 우리 방 밑에 있는 잔디밭에서 산책하고 계셨다. 그러더니 월계수로 빽빽한 숲에 둘러싸인 정원 의자가 있는 쪽으로 향하는 것이었다. 에드워드가 까칠하게 말했다. "이모랑 신부님이 뭔 얘기를 하시는지 들을 수만 있다면 내 말이 맞는지 아닌지 알게 될 텐데. 잠깐! 정찰병으로 해롤드를 보내자!"

"해롤드는 자고 있어." 내가 말했다. "그리고 그렇게 하는 건 좀 추접스런 일인 것 같은데."

"웃기시네!" 에드워드가 말했다. "해롤드는 제일 꼬맹이니까 우리가 명령하는 대로 따라야 해!"

그리하여 운 나쁜 해롤드는 침대에서 끌려 나와 명령을 받들어야 했다. 해롤드는 그 일에 별 관심이 없었으며, 차가운 바닥에 갑자기 서 있는 것을 태생적으로 싫어했다. 하지만 녀석은 충실하고 훈련이 잘 되어 있었다. 집에서 빠져나가는 방법은 아주 간단했다. 현관문은 창문과 가까웠기 때문에 우리 셋이 남들 눈에 띄지 않고 집을 빠져 나가려고 할 때 주로 애용했었다. 해롤드는 흰쥐새끼마냥 능숙하게 현관문을 타고 내려갔다. 녀석의 잠옷이 잠깐 반짝이더니 녀석은 이내 어둠 속으로 사라졌다. 잠시 정적이 흐르더니 갑자기 실랑이를 벌이는 소리가 났고 금속성의 비명 소리도 났다. 우리 이군이 적군의 손아귀에 들어갔던 것이다!

우리는 순전히 귀찮아서 정찰 업무를 꼬맹이에게 대신 시켰던 거다. 이제 위험이 도래했으니 주저할 겨를이 없었다. 우리는 빛의 속도로 현관문을 타고 내려가서 월계수 숲을 지나 정원 의자가 있는 곳으로 달려 갔다. 눈물 없이는 볼 수 없는 광경이 펼쳐지고 있었다. 마리아 이모는 하얀색 옷을 입고 의자에 앉아있었는데, 이모 치고는 꽤 괜찮아 보였다. 신부님은 해롤드의 커다란 귀를 잡고 잔디에 서 계셨다. 녀석의 귀가 머리통에서 당장이라도 떨어져 나갈 것 처럼 보였다. 우리는 녀석의 입에서 나오는 갖가지 소리에는 별 관심이 없었다. 정말로 신체적 고통이 심해서 나오는 울부짖음은 동정에 호소하는 가짜 흐느낌과는 완전히 다르다. 나는 이 두 가지를 다 시도해 본 사람이기 때문에 잘 안다. 해롤드의 경우는 후자였다. "자, 이 녀석아," 신부님이 엄하게 말씀하셨다. "이게 뭔 짓인지 말해 봐라."

"엉엉, 귀 좀 놔 주세요!" 해롤드가 소리쳤다. "그러면 사실대로 말씀 드릴께요!"

"좋다." 신부님이 녀석의 귀를 놓아주며 말씀하셨다. "이제 말해 봐. 거짓말하면 혼난다."

"기도를 막 마쳤을 때였어요." 해롤드가 말했다. "그 때 우연히 창문 밖을 보게 됐는데요, 잔디 밭에서 심장이 얼어붙을 듯한 광경이 벌어지고 있는게 아니겠어요? 도둑이 뱀처럼 집으로 다가오고 있었다구요! 도둑은 우거지상을 한 채로 어두컴컴한 등불을 들고 있었고요, 완전 무장을 하고 있었어요!"

우리는 흥미롭게 듣고 있었다. 말하는 투가, 해롤드의 평소 말투와는 달랐지만, 이상하게도 익숙했다.

"계속해 봐." 신부님이 말했다.

“도둑은 살금살금 걷다가 잠시 멈추더니 낮게 휘파람을 불었어요.” 해롤드가 말했다. “즉시 그 신호에 답하듯 그림자 속에서 두 명의 강도가 더 튀어 나왔어요. 이 둘 역시 완전무장하고 있었어요.”

“좋아.” 신부님께서 말씀하셨다. “계속해 봐.”

“대장 강도가요,” 해롤드가 말했다. “나머지 둘과 접선해서 작은 소리로 뭐라고 얘기를 했어요. 대장의 표정은 흉악하기 짝이 없었고 나는 그가 완전 무장을 하고 있었다고 얘기해야 할 것 같…”

“알겠으니까 완전무장 얘기는 그만 좀 해라.” 신부님이 거칠게 끼어드셨다. “계속 완전무장 타령만 하고 있구나. 빨리 얘기하고 끝내.”

“전 무서워서 달달 떨었어요.” 녀석이 손으로 자기 귀를 감싸면서 말했다. “하지만 응접실 문이 확 열리더니 신부님이랑 마리아 이모가 나오셨지 뭐에요. 그러자 도둑들이 걸음아 날 살려라하며 월계수 숲으로 사라졌지요!”

신부님은 황당하다는 표정이셨다. 이야기 자체로만 본다면 상당히 상세하게 잘 서술된 이야기였다. 그러니까 녀석이 정말로 뭔가를 봤다는 게 요지였다. 하지만 신부님은 어떻게 아셨겠는가. 녀석이『페니 드레드풀』이라는 책에서 대충 이것저것 긁어모아 짜깁기해서 이야기를 만들어 냈다는 사실을.

"그런데 왜 너는 사람들을 깨우지 않았지?" 신부님이 물으셨다.

"무서웠거든요." 해롤드가 유들유들하게 말했다. "아무도 내 말을 안 믿을 것 같았어요."

"그런데 여긴 어떻게 왔니, 이 말썽꾸러기야?" 마리아 이모가 끼어들었다.

해롤드는 완전히 궁지에 몰리게 됐다!

그 때 에드워드가 내 어깨를 톡톡 치더니 월계수 숲을 빠져나갔다. 에드워드는 몇 미터 떨어진 곳에서 나지막히 휘파람을 불었다. 나도 휘파람으로 답했다. 효과는 대단했다. 마리아 이모는 소스라치게 놀랐다. 해롤드는 놀라서 주위를 두리번거리더니 그길로 토끼 새끼마냥 뛰어 와서 뒷문으로 직행했다. 그리곤 저녁 식사 중인 하인들 앞에 나타나서는 자신의 편인 요리사 아주머니의 넓은 품으로 뛰어들었다.

신부님은 월계수 숲을 머뭇거리면서 바라보고 있었다. 마리아 이모는 신부님에게 울면서 말했다. "호짓 신부님! 신부님은 용감하잖아요. 그러니 제발 절 위해서라도 경솔하게 행동하지 마세요!" 신부님은 경솔하게 행동하지 않았다. 잠시 후 살짝 엿봤더니 그 곳엔 아무도 없었다.

얼마 후 집안 사람들이 부스럭대며 나오는 소리가 들렸다. 에드워드는 내게 철수하자고 말했다. 철수하는 것은 식은 죽 먹기였다. 월계수 한 그루가 정원 벽까지 가는 다리 역할을 해 줄테니, 이후에는 정원 벽을 타고 별 채 지붕까지 간 다음 거기에서 다시 우리 방 창문까지 기어 올라가면 될 일이었다. 우리는 고양이 덕에 이 경로를 알게 됐다. 수달 사냥을 하던 고양이가 이런 식으로 다니는 것을 어느 날 보게 됐던 것. 현재와 같은 상황에서는 그 경로가 굉장히 유용했다. 우리는 잠자리에 들었다. 무릎과 팔꿈치에 찰과상을 입은 채로. 해롤드는 사람좋은 요리사 아주머니의 팔에 안긴채 침실로 들어왔다. 시간이 좀 지나자 도둑 잡기 소동은 끝났다.

마리아 이모가 말하길, 신부님의 용맹스런 행동으로 도둑들은 삼십육계 줄행랑을 쳤다. 이 말에 신부님에게 칭찬 세례가 쏟아졌다. 하지만 며칠 후 신부님이 차를 들러 오셔서 하나 남은 버터빵을 집어가려면 얼마나 도덕적 용기가 필요한지에 대한, 지극히 신부님다운 농담을 하시는 것을 듣고 나는 이 말을 하고 싶은 것을 간신히 참았다. "호짓 신부님! 신부님은 용감하잖아요. 그러니 제발 절 위해서라도 경솔하게 행동하지 마세요!"

추수

바야흐로 오곡이 노랗게 무르익는 시절, 대자연은 온통 황금빛이었다. 에드워드와 나는 마당에서 이 금빛 풍경을 바라보고 있었다. 해롤드는 우리와 함께 있지 않고 침상에 누워 있었다. 늘 그렇듯 위병이 도진 모양이었다.

전날 저녁 에드워드는 전례 없이 상냥하게 나한테 순무로 전등을 만들어 주겠다고 말했다. 에드워드는 상당한 손재주를 갖고 있었다. 해롤드는 에드워드가 파내는 순무 속을 족족 다 먹어 치웠다. 폐기물 처리가 녀석의 특권이었다. 에드워드와 나는 빈 수레를 타고 마당에서 건초더미까지 갔다가 다시 낑낑대며 걸어서 돌아오기를 반복하면서 신나게 놀았다. 수레를 바다 한 가운데에 떠 있는 배 삼아서. 내륙에 사는 우리같은 애들이 항해 놀이를 할 수 있는 방법은 그것 뿐이었다. 우리는 이리저리 흔들리고 덜컹대는 수레 위에서 '리벤지'호에 탄 리

차드 그렌빌 경의 전투장면과 포연에 휩싸인 나일강의 전투와 넬슨 제독의 죽음 장면을 재현하면서 놀았다.

수레 한 대가 마당 입구를 통해 빠져 나갔다. 우리는 그 수레에 대고 고함을 쳤다.

에드워드가 일어섰다. 이어서 내가 일어서자 녀석은 죽음의 결투가 벌어지는 와중에 나를 콱 움켜 잡는 것이었다. 에드워드 말에 의하면 나는 선원이었고, 자기는 영국 군함 테르프시코레 호(녀석 말로는 대포를 몇 대 탑재한 군함이라고 했는데 몇 대라고 했는지는 기억나지 않는다)의 선장이었다. 에드워드는 폼 나는 역할은 늘 자기가 가져갔다. 하지만 나 역시 내 역할을 멋지게 해 냈다. 이렇게 싸움 놀이를 신나게 하고 있는데 갑자기 집게 벌레가 모여드는 것이었다. 나는 소리를 지르면서 에드워드를 내게서 떼어냈다. 내가 무서워하는 것을 보자 에드워드는 수레에서, 그러니까 범선의 갑판에서 승리의 춤을 추었다. 하지만 나는 녀석이 그러거나 말거나 신경쓰지 않았다. 나는 내가 녀석을 두려워하지 않는다는 것을 녀석도 알고 있다고 생각했다. 하지만 녀석은 내가 집게벌레를 엄청나게 무서워한다는 것 역시 알고 있었다. 그리하여 에드워드는 호기롭게 큰 소리를 치며 사라졌고 나는 육지, 그러니까 마을을 이리저리 걸어 다녔다.

그런 놀이에는 뭔가 모험적인 요소가 있었다. 상상력이 동원되니 이것은 우리 마을이 아니라 적어도 1마일 정도 떨어진 외국의 한 마을이 되어 있었다. 내가 지금 외국에 있다면 여행자가 느끼는 것과 같은 낯선 기분과 불안감을 느끼겠지. 그 곳 사람들이 날 신기하다는 듯 바라보면 낯선 기분이 들테고, 누군가가 무기 삼아 내게 뭐라도 던질 수도 있으니 불안감이 들테고. 고독감에 흠뻑 취해서 나는 평소보다 더 거드름을 피우며 이리저리 걸었다. 나는 생각했다. "먼고 파크(스코틀랜드 출신의 아프리카 탐험가. 역주)도 길 없는 아프리카의 밀림 속을 이렇게 걸었을 거야." 이런 생각을 하면서 걷고 있는데 부드럽지만 꿈쩍도 않는 누군가의 몸에 내 몸이 쿵하고 부딪혔다.

이런 경우 보통의 사내 아이들이 본능적으로 하는 행동, 즉 팔꿈치를 귀에 대는 행동이 나도 모르게 나왔다. 내 앞에는 깨끗이 면도를 하고, 검은 색 정장을 입은 키 크고 나이든 어른이 서 있었다. 영락없이 성직자였다. 나는 평소에는 다른 세상을 보느라 이 세상 것에는 집중을 하지 않는 듯한 그의 아련한 눈빛이 갑자기 변하는 것을 보았다. 그 분은 사과의 의미로 몸을 굽혔다. 그가 말했다. "정말 미안하군요, 신사분. 딴 생각을 하고 있었어요. 날 용서해 줄 수 있나요?"

이런 예의있는 말을 들으면 대부분의 사내 애들은 이 사람이 날 놀리나 싶을거다. 하지만 나는 이 분의 태도가 자연스럽다는 것을 즉시 인식했다. 이 분은 모든 사람들을 유대인, 비유대인 혹은 깨끗한 자, 더러운 자로 구별하지 않고 신사로 대했다. 물론 나는 내 잘못이라고, 나 역시 딴 생각을 하고 있었다고 말씀드렸다. 사실이 그랬으니까.

"내 생각에," 그 분이 유쾌하게 말했다. "우리는 공통점을 가진 것 같군요. 나이든 나는 꿈을 꾸고, 어린 당신은 상상의 세계를 보니까요. 나보다 당신이 더 행복한 사람이지요. 그리고…" 아저씨는 쪽문에 자신의 손을 계속얹고 있었다. "덥지요? 다 알아요. 특별히 바쁘지 않다면 별 것 아니지만 먹을 것을 좀 드리고 싶은데요?"

그 날 오후 내가 할 일이라곤 산수 공부를 하는 것이었다. 나는 어떤 경우에라도 산수 공부는 하지 않을 작정이었다. 옳다구나 하고 나는 공부를 건너 뛰었다. 아저씨는 정중하게 문을 열어 주면서 중얼거렸다. "베니뜨 헤스페루스 이떼 케펠라이.('저녁이 되었으니, 염소야, 이제 가라'는 뜻의 라틴어. 역주) 자, 어서 이리 와요." 그러더니 자신의 말이 아니라 로마 시인의 말이라고 미안해하며 덧붙였다. 길을 따라가니 오래된 저택이 나왔다. 아저씨는 이런 저런 장미 나무가 나타날 때마다 멈춰섰고 적이도 두 차례 정도 내 존재에 대해서 완전히 잊고 있었다. 그리고 나선 그것에 대해서 내게 사과를 하는 것이었다. 나는 이 분이 교구 사제일 거라고 생각했다. 총각이고, 성격이 독특하고, 엄청 박학다식한 인물일 것. 그는 많은 전설을 간직한 인물인 듯 보였다. 나는 아저씨에게 경외감마저 들었다. 아마 그는 책을 썼을지도. 마사 말마따나 "산더미 같은 책들" 말이다. 물론 마사의 말에는 과장이 많으니 적당히 줄여서 들어야 하지만.

우리는 어두운 복도를 통과하여 방으로 갔다. 그 방은 내가 꿈 꿔 왔지만 한 번도 본 적 없던 그런 이상적인 방이었다. 여자들이 좋아하는 장신구나 사치품이 하나도 없는 방 말이다! 이 방에는 정리함도 없었다! 이 분은 이모나 숙모 때문에 고생할 일도 없었다. 가죽 표지로 장정된 책들이 벽 세면을 채우고 있었다. 책들이 의자와 탁자 위에 아무렇게나 펼쳐지거나 뒤집어진 채로 놓여 있었다. 책들은 기분 좋은 잉크 냄새를 마음껏 발산하고 있었다. 무엇보다도 희미한 담배 냄새가 엄청나게 기운을 북돋아 주었다. 이건 마치 타국의 하늘 아래에서 머리 위로 해방을 상징하는 깃발, 유니온 잭이 펄럭이는 것을 보는 기분이랄까. 방 한 구석에는 피아노가 있었다. 다른 가구처럼 피아노 위에도 책이 잔뜩 쌓여 있었다.

이 광경을 보고 나는 기쁨에 들떴다. "피아노 치고 싶어요?" 내 친구가 물었다. 마치 그것이 세상에서 가장 자연스런 소원인양. 그의 눈은 이미 다른 구석, 잔뜩 쌓인 책 사이로 삐죽이 보이는 책상이 있는 곳을 바라보고 있었다.

"아, 정말로요?" 나는 의심스럽다는 듯 물었다. "집에서는 못 치게 하거든요."

"여기에선 치고 싶으면 쳐도 돼요." 그가 대답했다. 그리고는 뭐라고 중얼거리면서 거의 기계적으로 뭔가에 홀린 듯 책상이 있는 곳으로 가는 것이었다. 몇 초 지나지 않아 아저씨는 완전히 몰입한 상태에 있었다. 그는 무릎 위에 커다란 책을 펴 놓고, 앞 쪽에도 책을 한 권 펴 놓고, 손닿는 곳 여기저기에 책을 놓고는 열정에 가까운 집중력을 보이며 뭔가를 읽고 썼다. 아저씨는 나를 신경쓰지 않는 것 같았다. 그래서 가벼운 마음으로 나는 피아노를 쳤다.

악기를 능수능란하게 다루기 위해 갖은 고통과 희생을 감내한 사람은 또 하나의 상실감을 경험해야 하는데 그것은 바로, 악기 연주를 하는 동안엔 지극한 기쁨을 느끼더라도 연주가 끝나면 그 기쁨이 사라진다는 것이다. 연주의 기쁨은 연주자가 다루는 음들 간의 조화에서 온다. 각각의 음이 지닌 순수하고 절대적인 특성은 연주자만 알 수 있다. 어떤 음은 바다를 연상시키고, 어떤 음은 성당 종소리를 연상시킨다. 또 어떤 음은 숲이 주는 즐거움과 신록의 향긋한 냄새를 연상시키기도 한다. 어떤 음은 달빛을, 어떤 음은 장미의 붉은 빛을, 어떤 음은 푸른색을, 어떤 음은 붉은 색을, 어떤 음은 군대의 비단 깃발과 행진곡을 연상시킨다.

나는 열심히 피아노를 치다가 멈췄다. 내 친구의 눈이 커다란 책에 가 있었다. "독일인들이 쓴 이 책들 말이죠." 그는 미치 한창 대화 중이었던 것처럼 갑자기 말을 꺼냈다. "잘 쓴 책들이에요. 인정은 합니다. 하지만 이 책들에서 보이는 지적 불꽃, 훌륭한 인식력, 뛰어난 직관, 이 모든 게 어디에서 온 건지 알아요? 다 우리에게서 배운 거라고요!"

"우리에게서 배운 것 하나도 없어요." 나는 단호하게 말했다. '독일'이라는 단어는 오로지 '악단' 만을 연상시켰다. '악단'은 엘리자 숙모가 몹시도 싫어하는 단어였다.

"그렇게 생각해요?" 그가 의심스럽다는 듯 말했다. 그리곤 일어나서 방 안을 서성거렸다. "꼬마 비평가가 그런 공정함과 절제미를 보여주다니 칭찬하고 싶네요. 그런 성품은 어린 사람들에게서 보기 힘들지요. 하지만 말이예요, 예를 들어 슈럼피우스가 어떤 글을 쓰고 있는지 한 번 보세요. 이 대목에서 간단한 그리스어도 몰라서 쩔쩔매고 있는 꼴이라니!"

나는 복도에서 무슨 싸움이라도 일어나고 있는 건 아닌지 살짝 두려워하면서 열려진 문 틈 사이를 엿보고 있었다. 하지만 조용했다. 나는 복도에서 아무일도 일어나지 않고 있다는 것을 확인한 후 아저씨에게 동의의 대답을 해 드렸다.

"그렇고 말고!" 아저씨가 기뻐하며 외쳤다. "학자의 자질을 상당히 타고난 우리 꼬마 신사에게는 그리스어가 하나도 어렵지 않겠지만, 이 슈럼피우스라는 인물은…" 이때 깔끔해 보이는 용모의 살림 도우미 아주머니가 나타났다. 내게는 천만다행이었다.

"정원에 차가 준비되어 있습니다." 아주머니가 말했다. "케이크랑 꼬마 신사분이 좋아할 만한 음식도 함께 있어요. 식기 전에 드세요."

아저씨는 아주머니에게 가 보라고 손을 흔들고는 방 안을 계속 서성댔다. 아주머니는 꼼짝않고 기다리다가 "식기 전에 드세요"라는 말을 무표정하게 반복했다. 아저씨는 할 수 없다는 듯한 표정으로 나를 바라보며 힘없이 말했다. "아무래도 차를 들어야 할 것 같군요." 그리고는 정원으로 나가시는 것이었다. 정말 다행이었다. 나는 두리번거리며 아저씨를 찾았다. 하지만 찾지 못했기 때문에 그 분이 다시 딴 생각 중일 거라는 결론을 내리고 케이크와 음식들을 맛있게 먹어 치웠다.

그 날 차를 다 마시고 난 후 어떤 사건이 일어났다. 지금까지도 나는 그 일을 잊을 수 없다.

우리 둘이 길거리에서 이야기를 하고 있는데 꾀죄죄한 부랑자가 지저분해 보이는 여인과 들개 한 마리와 함께 있는 것이 눈에 들어왔다. 그는 우리를 보더니 징징대는 소리를 했다. 직업적인 행동이었다. 나는 동정을 구하며 내 친구를 바라봤다. 마사에게 들어서 알게 된 건데, 이 시간쯤이면 사람들은 분명 돈 한 푼 없을 것이기 (정확히 말하자면, 없다고 말할 것이기)

때문이었다. 내 친구가 말하길, 자신은 아침엔 주머니에 돈이 두둑하지만 저녁만 되면 빈털터리가 된다고 했다. 아저씨는 이 모든 것을 부랑자에게 아주 자세히, 예의바르게, 그리고 미안해하면서 설명했다. 마치 죄를 지은 사람처럼 말이다. 하지만 아무래도 돈이 안 나올 것 같다는 생각이 들자, 부랑자는 아저씨에게 욕을 퍼부었다. 아저씨의 눈, 생김새, 팔다리, 직업, 가족등등 하여간 모든 것을 들먹이며 욕을 해댔다. 구부정한 자세로 계속 악에 받쳐 씩씩대는 것이었다. 우리는 이들이 길 모퉁이를 돌아가는 것을 바라보고 있었다. 그 때 매우 지쳐 보이던 여인이 가던 길을 멈춰섰다. 그러자 부랑자는 여인의 짐을 대신 들더니 거칠지만 친절한, 심지어 온화해 보이는 태도로 자신의 팔에 여인이 기대게끔 하는 것이었다. 땟국이 줄줄 흐르는 개가 여인의 손을 핥았다.

"보세요." 내 친구가 말했다. "사랑이라는 것이 기대하지도 않았던 곳에서 피어나고 있잖아요. 이른 아침 들판에 나가본 적 있어요? 모든 게 황량하지요! 하지만 자세히 보면 만물이 은빛 거미줄 속에 존재해요. 요 가느다란 실로 온 세계가 서로 엮여있는 것이지요. 하지만 이 세계가 신화에 나오는 무시무시하고 고압적인 신들의 공간이라는 말이 아닙니다. 우리가 사는 이 세상에는 뭐라 이름 붙일 수 없는, 신비하고, 신성한 뭔가가 있어요. 그러기에 세심하게 봐야 해요. 세심하게."

이슬이 내리고 있었고, 어둠이 깔리고 있었다. 나는 집으로 향했다. 사방에 외로움 뿐이었다. 금성만이 하늘에, 외롭게, 저 멀리, 순수한 자태로 떠 있었다. 금성은 외로움 속에서도 나를 위로해 주는 것 같았다.

눈 속에 갇히다.

주님 공현 대축일이 지났다. 다음 날 아침은 아무 일도 안 일어나는 그저 그런 날이었다. 하지만 어제 밤, 바람이 굉장했다. 바람은 부엌 쪽으로 성큼성큼 걸어와서 부엌 바닥을 온통 눈으로 덮어놓았다. 그리고는 세상 요란하게 전진하며 모든 것을 난장판으로 만들어 버렸다. 해롤드는 무섭다고 달달 떨면서 요리사 아주머니의 커다란 가슴에 안겼다. 에드워드는 아무렇지도 않은 척 하면서 딕과 해리와 조처럼 의연하게 행동했다. 나로 말할 것 같으면, 나는 해롤드와는 달리 도망치기엔 너무 덩치가 컸었고 에드워드와도 달리 이 마술같은 자연의 힘에 압도당해 버렸다. 이 눈과 바람은 대체 어디에서 오기에 마치 군대와도 같이 우리를 덮친 것인가. 그런 한바탕 소동이 끝나면 우리는 자연스럽게 고요한 저녁 시간, 불에 밤을 구워먹고 한데 모여서 유령 이야기를 듣는 그러한 고요한 시간을 갈구하게 되는 것이다. 예컨대 "검은 양가죽을 뒤집어 쓰고, 적갈색 옷을 걸치고, 활과 화살을 지닌 채 손에는 거위를 들고 있는" 멀린에 대한 얘기를 듣거나, 아니면 마법의 땅으로 가는 길을 묻는 덴마크인 오기어에 대한 이야기를 듣는 것이다. 혹은 종소리를 내면서 순록을 끌고 다니며, 열려 있는 문 앞에 갑자기 멈춰 선다는 눈의 여왕 이야기를 듣는 것도 좋을 거다. 그렇게 여왕이 멈춰 설때면 북극광이 창을 휘두르며 보초를 선다는 이야기.

사정없이 몰아치는 눈 때문에 꼼짝없이 집 안에 갇혀 있었던 이날 아침 에드워드는 아주 열정적으로 연극에 몰두해 있었다. 녀석은 마루를 이리저리 왔다갔다 하면서 상당히 강한 버크셔 사투리를 써 가며 "짐은 조지 3세다"라고 외치고 있었다. 아무도 대꾸 안 해 줘도 혼자 노는 데에 도가 튼 꼬맹이 해롤드는 "술집 손님놀" 놀이에 한창이있다. 이 놀이를 하려면 상상속의 친구와 팔짱을 끼고 방 안을 빙빙돌면서 상상 속의 술집 앞에 가끔씩 멈춰서야 한다. 상상 속의 계단을 올라가면 상상 속의 술집이 나오는데 이 곳에서 상상 속의 신문을 쓱 읽고, 고개를 저으며 상상 속의 추문에 대해 담소를 나누며 상상 속의 술잔을 들이키는 것이다. 어쩌다가 이 조그만 녀석이 이런 지루한 놀이를 할 생각을 하게 됐었는지는 아무도 모른다. 그 놀이를 발명한 것은 해롤드였고 녀석은 그 점에 대해 아주

자랑스러워 했다. 한편 나와 샬롯은 창가 자리에 쭈그리고 앉아서 뭔가에 홀린듯 셀 수 없이 많은 눈송이가 이리 저리 흩날리는 것을 지켜보고 있었다.

샬롯은 풀죽어 있었다. 아침 식사 시간에 자신이 가장 좋아하는 고전인 동화책에서 열심히 인용을 해 가며 스메들리 선생님의 견해를 반박했다가 선생님으로부터 요정 같은 것은 절대 존재하지 않는다는 말씀을 들었기 때문이다. "그러니까 동화가 몽땅 다 거짓말이라는 말씀이세요?" 샬롯이 선생님께 여쭸다. 스메들리 선생님은 그처럼 숙녀답지 못한 언사를 싫어하셨다. 선생님이 말씀하셨다. "얘야, 그런 이야기들은 자연을 잘못 의인화한데서 비롯된 것이란다. 우리는 현명하기 때문에 그런 잘못을 범하진 않지만 그래도 그런 이야기들을 읽으면 얻게 되는 교훈이 있기는 하지."

"하지만 있지도 않은 이야기라고 하시면서 어떻게 거기서 뭔가를 배울 수 있다고 하시는 건가요?" 샬롯이 말했다. 그 말과 함께 샬롯은 침울한 마음으로 그 자리를 떴다.

"선생님 말씀 신경 쓰지 마." 내가 말했다. "선생님은 동화에 관한 한 아무 것도 모르셔. 돌도 제대로 못 던지시잖아."

"에드워드가 그랬어. 어른들은 죄다 썩었다고." 샬롯이 말했다.

"에드워드는 뭐든 다 썩었다고 얘기해." 내가 말했다. "자기는 이제 군대에 갈거래. 책에 나와 있으면 다 진실일 거야. 자, 이제 됐지?"

이 말에 샬롯은 안심한 듯 보였다. 방 안이 이젠 좀 조용해졌다. 에드워드가 용을 때려 눕히고 용의 몸에 구멍을 뚫고 있었고, 해롤드는 쾌활하게 도서실 계단을 오르고 있었기 때문이었다. 밖을 내다보니 폭풍 때문에 키 큰 느릅나무 꼭대기조차 안 보일 지경이었다. "하늘이 무너져 내리고 있군." 샬롯이 나지막히 말했다. "임금님에게 가서 말해야겠어." 샬롯이 동화책에서 본 구절을 인용한 것이다. 나는 샬롯에게 동화책을 읽어주겠다고 말하면서 책을 집어 들기 위해 손을 뻗었다. 그 책을 펴 보니 하필 요정들이 의심을 받고 있는 장면이었다. 그래서 나는 대신 아서왕 이야기 책을 택했다. 아서왕 이야기는 샬롯이 두 번째로 좋아하는 이야기였고 마상시합과 치열한 전투장면 때문에 나같은 사내아이들도 좋아했다. 하지만 다시 한 번 운이 좋지 않았다. 책을 펴자 하필 발린과 발란의 슬픈 이야기 장면이 떡하니 나타날게 뭐람. "그는 사라졌습니다." 나는 샬롯에게 책을 읽어 주었다. "그리고 짐승이 죽임을 당했습니다. '그 공격은,' 발린이 말했습니다. '나를 향한 것이었어. 내가 목표물이었던 것이지. 하지만 나는 살아있잖아.'" 샬롯이 울기 시작했다. 그 애는 나머지 이야기가 어떻게 전개될지 너무도 잘 알고 있었기 때문이었다. 나는 낙담해서 책을 덮어 버렸다. 해롤드가 의자 뒤에 있다가 나타났다. 녀석은 엄지 손가락을 빨고 있다가 울고 있는 샬롯을 눈이 똥그래져서 바라 보았다. 에드워드는 연극을 멈추고 샬롯을 위로해 주려는 듯 다가왔다.

"아주 재밌는 이야기 해줄까?" 에드워드가 말했다. "엘리자 숙모가 해 준 얘기야. 숙모가 외국에 계셨을 때였어. 황새 두 마리를 가진 남자가 있었대. 한 마리가 죽었는데 암컷이었어." (이 때 해롤드가 끼어들면서 왜 죽었냐고 물었다.) "나머지 한 마리는 너무 슬펐고 비참했단다. 그래서 그 남자는 오리 한 마리를 구해다가 황새한테 소개시켜 줬대. 오리는 수놈이었지만 황새는 신경쓰지 않았어. 그 둘은 서로를 아껴주고 잘 지냈단다. 그러다가 또 다른 오리 한 마리가 왔는데, 이번엔 암놈이었어. 수놈 오리는 암놈 오리와 사랑에 빠지게 됐지. 그리고는 황새에게서 떠나서 암놈 오리에게 결혼 신청을 했어. 암놈 오리가 엄청 예뻤기 때문이지. 하지만 홀로 남겨진 가엾은 황새는 누구한테 말도 못하고 끙끙 앓고, 앓고, 또 앓다가 어느날 아침 싸늘한 시체로 발견됐단다. 하지만 오리 두 마리는 영원히 행복하게 살았대!"

에드워드가 재미있다고 말하는 이야기의 수준이라니! 다시 한 번 가엾은 샬롯의 입 꼬리가 축 처졌다. 사물이나 사건의 핵심을 보지 못하는 에드워드의 형편없는 정신 수준은 정말이지 너무도 상대를 성가시게 했다. 매번 그런 식이었다. 몇 년 전 이런 일이 있었다. 조만간 일어날 집안 일에 대비해 녀석에게 질문을 할 일이 있었다. 막상 일이 일어났을 때 녀석이 엉뚱한 질문을 하면 대답해 줄 시간이 없을 테니 미리 미리 녀석에게 질문을 해 두자는 계산에서였다. 어른들은 에드워드에게 남동생을 갖고 싶은지, 여동생을 갖고 싶은지 물었다. 에드워드는 한참을 골똘히 생각하더니 자기는 뉴펀들랜드 종 강아지를 갖고 싶다고 말했다. 다른 사내 아이였으면 자기 부모와 함께 좋은 절충안을 내서 그들의 짐을 덜어주었을 텐데 이 녀석은 원. 이 녀석 덕분에 그 문제는 원점으로 돌아가게 됐다. 그리고 지금 샬롯이 훌쩍대며 마음이 불편한 듯 딸꾹질을 해 대고 있는데도 에드워드는 자기가 뭔 짓을 했는지도 모르는 채로 고함을 지르며 해롤드에게 다가갔다.

“나는 살아있는 용이 필요하다!” 에드워드가 말했다. “네가 내 용이 되어 줘야겠다!”

“저리 좀 가!” 해롤드가 소리를 질렀다. “나는 다른 놀이를 하고 있다고. 어떻게 용도 되고 술집에도 있을 수 있냐는 말야!”

“너 몸뚱이가 온통 녹색인 멋진 용이 되고 싶지 않니? 멋진 꼬리랑 붉게 빛나는 눈을 가진데다 진짜 연기와 불을 뿜는 용 말야.” 에드워드가 살살 구슬리며 말했다.

해롤드는 잠시 망설였다. 잠시 후 우리는 바닥을 기어다니는 해롤드를 보았다. 지구상의 어떤 파충류도 해롤드처럼 꼬리를 멋들어지게 흔든 적이 없을 정도. 술집은 남의 나라 얘기였다. 해롤드는 거친 숨을 내쉬며 세상에서 가장 자욱한 연기와 세상에서 가장 맹렬한 불을 내뿜는 것이었다.

“자, 공주가 필요한데.” 에드워드가 샬롯을 잡아끌며 말했다. “그리고 너는 의사 해. 용이랑 싸우느라 치명적인 상처를 입었는데 치료 좀 해 줘.”

나는 세상의 모든 직업 중 사람을 치료하는 직업을 가장 두려워했다. 물약에 대한 매우 안 좋은 기억이 밀려 오는 통에 나는 샬롯(샬롯은 쓰잘데 없는 명예 같은 것엔 관심이 없는 아이였다)과 함께 탈주하기 위해 문 쪽으로 냅다 달렸다. 에드워드가 나와 샬롯을 쫓아왔다. 이윽고 마루에서 엄청난 전투가 일어났고, 잠깐 동안 모든 것이 엉망 진창이 되었다. 쉽게 말해 아서왕의 이야기에 나오는 전쟁 장면이 펼쳐진 것. 점심 식사를 알리는 종 소리에 잠깐 소강 상태가 찾아 오기는 했지만 말이다. "햇살을 받은" 성배 조차도 전투의 치열함을 가라앉혀 주지는 못했다.

개네들의 이야기

에드워드는 신사라도 된 듯 서 있었다. 막 치과에 다녀온 에드워드는 흡사 돈 많은 갑부와도 같았다. 규율이 잘 잡힌 대부분의 가정에서 그러하듯 우리는 이 하나를 뽑으면 2.5실링씩을 받았다. 헐거워진 어금니를 뽑으면 1실링을 받고 말이다. 녀석은 온갖 고통스런 척을 다 했지만 녀석의 이는, 불행하게도, 대 놓고 헐거워진 상태였다. 따라서 에드워드는 몸소 생강맥주를 가져 와도 될 판이었지만 그 날의 물주였으므로 그 따위 허접한 잔심부름은 하지 않겠다고 선언한 터였다. 결국 녀석이 으스대면서 정원을 돌아다니는 동안 내가 마을 우체국으로 생강 맥주를 가지러 가게 됐다. 해롤드는 식료품 저장실에서 잔 하나를 훔쳐 왔다. 준비는 다 됐다. 우리는 잔디에 앉았다. 제 잘난 맛에 사는 토끼들이 신나게 뛰어 다니면서 엄청나게 신선한 풀을 뜯어 먹으며 놀고 있었다. 우리 중 가장 나이가 많은 셀레나는 새초롬한 표정으로 잔디를 뒤지며 맥주 병에서 떨어져 나간 코르크 조각을 찾고 있었다.

"서둘러라, 제발 좀." 에드워드가 말했다. "도대체 너희 여자 애들은 왜 그리 까다롭니?"

"마사가 말하길," 해롤드가 말했다. "코르크를 삼키면 배속에서 코르크가 부풀고, 또 부풀어 오른대."

"이런 참나." 에드워드가 잔을 비우며 말했다. 아무 생각 없다는 듯 꿀떡꿀떡 잘도 마셨다. 하지만 녀석의 입은 잔에 둥둥 떠다니는 코르크 조각을 기가 막히게 요리 조리 잘도 피해 갔다.

"놀랄 만한 일이지." 해롤드가 말했다. "하지만 너 말고 모든 사람이 그 말이 사실이라는 걸 인정한다구. 토마스 삼촌이 여기 계셨을 때 사람들이 삼촌에게 와인 병을 주었었지. 삼촌은 한 모금 마시고 말했어. '이런, 젠장, 잔에 코르크가 있네!' 그리고는 병에 손도 안댔어. 사람들은 새 병을 갖다줘야 했어. 재미있던 건 뭐냐면 내가 나중에 삼촌의 잔을 보니 거기엔 코르크가 없었다는 거야. 그래서 내가 그걸 다 마셨지. 얼마나 맛있었다고."

"너 조심해라, 해롤드." 에드워드가 근엄하게 말했다. "언젠가 밤에 연극 배우들이 왔었잖아. 너 그날 그 사람들이 간 후에 그들이 남기고 간 술을 다 마셨었지?"

"아, 나 그날 밤 기분 째지더라고." 해롤드가 낄낄댔다. "집이 주저앉는 것 같기도 하고 이리저리 튀어다니는 것 같기도 하고 말이지. 결국 마사가 날 침대에 데려다 줘야 할 지경이었어. 계단이 빙빙 도는 것 같았거든."

우리는 이 개망나니 같은 녀석을 찬찬히 바라보고 있었다. 하지만 녀석은 그 일을 비행이 아닌 별 대수롭지 않은 일 정도로 보는 것 같았다.

이 때쯤해서 세 번째 병이 돌고 있었다. 차례를 기다리던 셀리나가 길게 한 모금 마시더니 산책이나 하겠다면서 옷을 털며 일어섰다. 그러더니 토끼처럼 뛰어갔다.

"사제관 여자들이랑 가려나봐." 에드워드가 셀리나의 기다랗고도 거무스름한 다리가 반짝이는 것을 바라보며 말했다. "셀리나는 매일 그 여자들이랑 만나. 그리고는 매일 허구한 날 계속 잡담을 하지. 재잘, 재잘, 재잘. 난 그 패거리들이 뭔 얘기를 하는지 모르겠어. 쉬지도 않고 계속 지껄이고, 또 지껄이고, 또 지껄이고."

"아마 새 알에 대해서 얘기하나 보지 뭐." 내가 졸음과 싸우며 말했다. (태양은 뜨거웠고, 풀은 부드럽고, 생강 맥주 때문에 나른한 상태였으니.) "혹은 배나 물소나 무인도에 대해 얘기하거나. 혹은 토끼가 왜 흰 꼬리를 갖고 있는지에 대해서, 아니면 기다란 잔이나 절단기를 언제쯤 들여놓게 될지에 대해서, 그것도 아니면 자신들이 남자라면 어떨까에 대해서, 뭐 이런 것들에 대한 얘기를 하지 않을까. 말 하기로 작정하면 대화거리는 무궁무진 하지 않겠니."

"그렇기야 하지. 하지만 걔네들은 그런 얘기는 안 해." 에드워드가 말했다. "어떻게 걔네들이 그럴 수 있겠니? 걔들은 아무것도 모르는데. 걔네가 할 줄 아는 것도 없어. 피아노나 뚱땅거리는 것 말곤 말이지. 누가 피아노 따위에 신경 쓰냐? 도대체 간에 여자애들은 분별력이라는 것이 없다니까. 그런 여자애들이니 뭔들 대단한 얘기를 하겠니?"

"마사에게 물어본 적이 있는데," 해롤드가 말했다. "신경끄래. 여자애들에겐 남자들이 이해 못하는 것이 있다나 뭐라나."

"뭔 헛소리야." 에드워드가 말했다.

"마사가 그렇게 말했다니깐." 해롤드가 별 관심없다는 듯 말했다. 녀석이 볼 때 그 주제는 공연히 생강 맥주 마시는 것만 방해할 뿐, 그다지 중요한 게 아니었다.

그 때 우리는 출입문에서 뭔 소리가 나는 것을 들었다. 울타리 틈새로 셀리나 패거리들이 보였다. 에드워드의 설명에 의하면 셀리나가 가운데 있었고 사제관 여자애가 옆에 있었고 셋은 머리를 맞대고 있었다는 것. 얘네들이 재잘대는 소리가 마치 화창한 3월의 아침, 찌르레기의 노랫소리처럼 산들바람을 타고들려왔다.

"쟤네들 말야, 만나면 뭔 얘기를 하니, 샬롯?" 내가 물었다. "너 쟤들이랑 가끔 놀잖아."

"나도 몰라." 샬롯이 우울하게 말했다. "걔네들은 나보고 뒤에서 따라오라고 해. 내가 너무 어려서 자기들 말을 들으면 안된대. 나도 듣고 싶단 말야."

"엘리자 숙모와 다른 여자 어른이 얘기하는 것을 보면 말야." 해롤드가 말했다. "늘 둘 다 동시에 막 얘기를 해. 그런데도 서로 뭔 말을 하는지 알아듣는 것 같단 말이지. 어떻게 그럴 수 있는지 아무리 생각해도 알 수가 없어. 어른들은 정말이지 영리하기 짝이없어."

"신부님은 최고로 특이한 분이야." 내가 말했다. "신부님은 늘 뜻 모를 말씀을 하시고 농담인듯 웃으셔. 어제 어른들이 차를 더 드시겠냐고 묻자 신부님이 말씀하셨어. '한 잔 더 할께요.' 나는 그 말에서 전혀 웃긴 점을 못 찾겠던데 어른들은 막 웃더라고. 그러더니 누군가가 신부님 옷에 있는 단추 구멍에 대해 물어 봤어. 그 말에 신부님은 '그저 시든 꽃일 뿐이지요'라고 대답했고, 모두들 소리높여 웃었지. 바보 머저리들 같으니."

"오호라, 신부님 말이지." 에드워드가 한심하다는 듯 말했다. "신부님은 그런 양반이야, 몰랐니? 원래 그런 양반이라니깐. 하지만 내가 정말로 이해할 수 없는 건 이 여자애들이야. 걔네들이 진정으로 제대로 된 대화를 한다면 아무도 걔네들이 뭔 얘기를 하는지 모른다는 게 말이 되겠니? 제대로 된 대화를 못 한다면—걔네들은 원래 그렇게 생겨 먹었어—제발 그 입 좀 닫아 줬으면 좋겠는데 말이지. 이 늙은 토끼를 봐라.

말 한마디 안 해도 잘 살지 않니. 말 하는데 낭비할 시간이 없다 이거지." 그러면서 에드워드는 토끼에게 생강 맥주 병에서 나온 코르크를 손으로 튕겨 쏘려고 했다. 토끼는 꿈쩍도 안 했다.

"아냐, 토끼도 말을 해." 해롤드가 말했다. "내가 봤는데 말이지, 서로 머리를 맞대고 코를 벌름거리면서 말을 하더라고. 셀리나랑 사제관 여자애들처럼 말야. 토끼들이 뭐라고 얘기하는지는 모르겠지만."

"흥, 토끼들이 얘기를 한다 해도," 에드워드가 말했다. "장담컨대, 여자애들처럼 썩어빠진 얘기는 안 하겠지." 그 말은 잘못된 말이었다. 왜냐하면 셀리나랑 친구들이 무슨 얘기를 했는지에 대해선 오늘날까지도 모르니까.

모험가

어떤 종류의 인물이 됐건 우리들의 무리에 낯선 이가 등장하면 그 자는 곧 바로 의심의 대상이 되곤 했다. 여하튼 낯선 자가 나타나면 우리는 동굴로 숨거나 땅을 파고 들어가거나 잡목 숲으로 기어 들어가거나 그것도 아니면 저 멀리 떨어져 있는 외양간으로 숨었다. 그러면 숱한 경험을 통해 우리가 어디에 숨어있는지 귀신같이 알아내는 유모가 나타나 우리를 잡아가는 것이었다. 따라서 우리가 신화 속의 영웅들을 처음 접했을 때 그들에게 별 흥미를 못 느낀 것은 전혀 놀라운 일이 아니었다. 누군가가 말했다. 확신은 천천히 자라나는 거라고. 이 검은 머리털을 단 거대한 반신반인들은, 이름도 참으로 희한했거니와, 이미 탄탄하게 방어되고 있는, 적들의 성을 뺏어야만 살 수 있는 존재들이었다. 우리에겐 낯설기 짝이없는 외국산 여신들은 우리의 관심을 얻지 못했다. 그도 그럴 것이 그 여신들은 성질 더럽고 적의로 가득찬 요정 아니면 북구의 마녀였기 때문이다. 우리는 그저 동물이 나오는 이야기를 좋아했다. 예컨대 꼬리를 달랑달랑 흔들어서 우리를 마법에 걸린 성으로 안내하는 여우 얘기라든가, 우물에 빠진 개구리 얘기라든가, 나무에 앉아 조언을 해 주는 까마귀 얘기라든가. 특히 해롤드는 삼형제 중 막내가 영웅으로 나오지 않는 이야기는 죄다 가짜라고 생각하는 것이었다. 동화에 심심찮게 등장하는 내용이지만, 그 막내가 맞게 될 특별한 행운에 대한 해롤드의 믿음은 녀석에게 상당히 해로운 영향을 끼치는 것이었다. 이리하여 녀석이 허영심에 빠지게 되면 비오는 날 먼지 나게 두들겨 맞아야 정신을 차리곤 했다. 우리는 녀석을 꾸짖기는 했지만 그래도 녀석 편이었다. 우린 신화에 등장하는 낯선 신들을 불신 가득한 눈초리로 바라 보았다. 늙다리 농경신은 벼락부자쯤 되어 보였다. 하지만 낯선 이라 하더라도 우리는 이내 그들을 우리의 친구로 만들 수 있었다. 신화 속 검객들은 찬찬히 뜯어보면 제대로 된 인물들이었다. 멋진 샌달을 신은 페르세우스는 오래지 않아 우리의 마음을 사로잡았다. 아폴로가 아드메토스의 문을 두드리는 방식은, 상당히 맘에 들었다. 프시케는 도움을 주는 새와 친절한 개미뿐만 아니라 마법의 궁전까지 대동했지. 율리시즈는 갖은 전술을 써서 최후의 방어막을 뚫고 결국 우리가 있는 곳까지 들어오고야 말았고. 나는 라르킨 씨가 애지중지하는 송아지를 이리 저리 쫓아 다니고 있었다. 우리가 라르킨 씨를 잊고 있지 않다는 것을 보여주기 위해서랄까. 한참동안 송아지 몰이를 하다가 집으로 돌아와 부엌 쪽 정원으로 들어서고 있는데 에드워드가 똥 더미를 헤집고 빌레를 잡고 있는 것이 눈에 들어왔다. 에드워드는 모자 속에 벌레를 집어 넣었고 우린 사뭇 진지한 얘기들을 하면서 함께 걸었다. 헛간을 지나고 있는데 요상한 소리가 났다. 들여다 보니 해롤드가 혼자서 완전히 열중한 채로 무슨 놀이 같은 것을 하고 있었다. 녀석은 땜질하려고 갖다 놓은 돼지 밥통위에 쭈그리고 앉아서 뭐라고 중얼대더니 자기의 머리 위로 삽을 흔든 후 땅에 내려 꽂았다. 마치 카누 젓는 사람처럼. 에드워드가 들어왔다.

"도대체 뭐 하고 있는 거냐?" 에드워드가 엄하게 물었다.

해롤드가 얼굴을 붉혔다. 하지만 남자답게 돼지 밥통을 끼고 앉아서 대답했다. "나는 이아손이야. 이것은 아르고 이고. 눈에는 안 보이지만 다른 선원들도 있어. 우리는 방금 헬레스폰트를 지났지. 신경 끄고 꺼져 줄래?" 녀석은 포도주처럼 어두운 바다를 헤쳐 나가는 중이었다.

에드워드가 한심하다는 듯 돼지 밥통을 발로 찼다.

“아르고 한 번 기가 막히네!” 에드워드가 말했다.

해롤드는 발끈했다. “나도 어쩔 수 없어. 이건 내가 만들 수 있는 최선의 아르고야. 형이 잘난 척 하든지 말든지 신경 안 써. 잘난 척 할 건더기도 없으면서.”

에드워드가 말했다. “라르킨 씨네 배를 빌리지 그래. 그렇게 해서 진짜 아르고를 타고 강을 건너는 거야. 메데아도 찾고 황금 양모도 찾고 여튼 싹 다 찾는 거야. 어때? 네가 이아손 해. 네가 처음 생각했으니.”

해롤드는 놀란 채 돼지 밥통해서 나왔다. “하지만 우린 우리끼리만은 강에 못 가.” 녀석이 말했다.

“그래, 못 가지. 우리도, 이아손도 허락 맡은 적이 없으니까. 하지만 이아손은 결국 갔어!” 에드워드가 조롱하듯 말했다.

해롤드의 저항은 그저 관례적인 것이었다. 그는 단지 제대로 된 설득을 당하고 싶었던 것이다. 다음 질문은 이것이었다. 여자 애들을 데려간다면 어떨까? 셀리나는 배 위에서 편하게 부려먹을 수 있을 거다. 한 가지 문제가 있긴한데. 만약 그 애가 거절하면 어떻게 하지? 도덕적으로 생각해 볼 때 이 모험은 순례 여행은 아니었으니 말이다. 따라서 셀리나는 거절 한 후 어른들에게 쪼르르 달려가 일러바칠 가능성이 있는 애였다. 그 애는 양심이라는 기분나쁜 물건을 키울 만한 나이였으니까. 샬롯은 어떤가. 샬롯은 몽상가 기질이 있지만 그렇다고 해서 몽상하다가 배에서 굴러 떨어지거나 하진 않겠지, 아마도? 그 애는 우리가 안 데리고 가면 분명히 눈물을 질질 짤 위인이었다. 하지만 그 편이 바다에 빠져 죽는 것보다는 나았다. 요컨대 많은 사람들이 말하길 (아마도 맞는 말일텐데) 치마 두른 동물들과는 상종을 하지 말랬다. 대단한 여인인 아탈란타만 빼고 말이다.

"자," 에드워드가 말했다. "누가 라르킨 씨에게 말할래? 난 못해. 저번에 라르킨 씨가 나한테 한 번만 너 자기 눈에 띄면 머리통을 날려 버린다고 했었단말야. 네가 해."

나는 망설였다. 그럴 이유가 있었다. "라르킨 씨가 똥단지 같이 아끼는 송아지, 너도 알지?" 내가 말했다.

에드워드는 단박에 내 말을 알아 들었다. "그럼 좋아," 에드워드가 말했다. "그냥 관두자. 그래도 별 문제 없으니. 라르킨 씨는 보나마나 화를 낼거야. 그러면 좋을 일이 없지. 자, 그럼 떠나볼까."

우리는 개울을 따라 내려가다가 라르킨 씨의 배를 훔쳤다. 이 '적군'은 풀밭에 숨어있었던 것. 소위 이 '강'은 어떤 지도에도 표시되지 않았다. 우리의 아르고가 방향을 바꾸기라도 할라치면 확 뒤집어 지게 생길 정도로 작은 개울이었으니. 하지만 이 개울은 우리에게는 오리노코 강이었고 세계의 도시들이 그 옆에 줄지어 자리 잡고 있었다. 우린 아르고스의 뱃머리를 개울에 댔다. 왜냐면 그 편이 라르킨 씨네 집으로부터 더 멀었으므로. 이미 합의된 바대로 해롤드는 이아손을 맡았고 뒤이어 각자 영웅 하나씩을 맡았다. 그리고 나서 테살리아를 출발하여 고함을 치면서 헬레스폰트로 진군했다. 아슬아슬하게 바위를 피하고 사이렌이 유혹하는 섬을 지나면서 말이다. 렘노스 섬은 향기로운 풀로 가득했고, 마이시안 해변엔 꽃이 가득했다. 트라키아 해안을 따라 사람들의 유쾌한 고함소리가 들려왔다.

한 두 시간 정도 항해를 한 뒤 아르고스의 뱃머리는 진흙탕에 닿았다. 소의 발자국으로 엉망진창이 된 진흙탕에서 조금만 벗어나면 인가가 보이는 오솔길이 나왔다. 에드워드가 배에서 나와 탐색을 시작하면서 혼자 성큼성큼 걸어갔다. 우리가 뒤따라 오는지 보지도 않고 말이다. 하지만 나는 에드워드의 뒤를 따를까 말까 망설이고 있었다. 그러면서 이끼로 덮힌 수문을 바라보며 서 있었다. 수문을 통과하면 정원이, 조용한 길을 지나면 이내 마법의 세계로 이끌어 줄 것 같은 정원이 나올 터였다.

문을 통과하자 그야말로 너무 조용했다. 해롤드는 몹시 당황스러워 했다. 누군가의 개인적인 공간을 침범하는 것만 같은 생각이 자꾸 들었다. 너무 조용해서 귀신이 우리를 따라오기라도 하는 것 같았다. 여기저기 꽃이 피어있었다. 하지만 아무도 돌보지 않아 웃자라서 축 늘어져 있었다. 쥐오줌풀의 향기가 진동했다. 다듬지 않은 높다란 산 울타리 여기저기에 줄로 걸쳐져 있는듯 향내가 굉장했다. 잔디에는 의자도, 솥도, 그 흔한 소설책 한 권도 없었다. 뒤쪽에 집이 있었는데 정원쪽으로 난 창문에는 블라인드가 쳐져 있었다. 중앙에는 오래된 회색빛의 해시계가 놓여 있었다. 우리는 그 곳에 있는 물건 중 가장 인간의 것으로 보이는 그 해시계를 향해 본능적으로 걸어갔다. 시계에는 오래 되어 보이는 뭔가가 쓰여 있었다. 우린 눈과 손가락을 동원하여 그 의미를 해독해 보려 안간힘을 썼다.

"시간: 티 알 와이 이 티 에이취: 티 알 오 티 에이취 이" 해롤드가 철자를 하나 하나 읽었다. "대체 뭔 말이야?"

나는 녀석의 질문에 대답할 수가 없었다. 녀석이 질문을 더 해 댔지만 대답 못 하기는 매한가지였다.

나는 이런 것을 전에 본 적이 있지만 그게 어떻게 작동하는지는 몰랐다.

우리는 요리저리 머리를 굴리며 이 요상한 물건의 정체에 대해 중지를 모으고 있었다. 그 때, 나는 메데아가 집에서 나와 걸어오는 것을 보았다. 머리 색이 검고, 날씬하긴 한데 창백하고 힘 없어 보이는 그 여자. 난 그 여자가 메데아라는 것을 대번에 알아차렸다. 그녀를 만나러 여기까지 온 것이니 마침내 그녀를 만나게 된 것은 전혀 놀랄 일이 아니었다. 하지만 해롤드는 높은 곳만 보면 올라가려는 고양이처럼 해시계 위에 오르려다 바닥에 떨어지고 말았다. 녀석은 턱을 찧고 곡소리를 냈다.

메데아는 날쌘 제비처럼 달려 와서 무릎을 꿇고 해롤드를 달랬다. 그리고는 깨끗한 손수건을 꺼내서 녀석의 턱에서 흙을 털어주고 부드러운 음성으로 녀석을 달래주는 것이었다.

"그러실 필요 없어요." 내가 예의 바르게 말했다. "울다가 곧 그칠 거예요."

내 생각이 맞았다. 마침내 해롤드는 마치 정각이 되면 시계 종이 울리듯 갑자기 울음을 그쳤다. 매번 그런 식인 녀석이었다. 그러더니 명랑 쾌활한 얼굴로 메데아의 품에서 빠져 나가더니 허락없이 날아 들어온 새에게 돌팔매질를 하겠다고 돌을 찾으러 휭하니 달려 가는 것이었다.

"요놈들!" 포기했다는 듯 두 팔을 벌리며 메데아가 말했다. "어디서 왔니? 이리도 꾀죄죄할 수가. 난 이 곳에 천 년동안 갇혀 있었던다. 150살 이래로 먹은 사람은 본 적이 없어. 우리 뭐 하고 놀까?"

"야구해요." 내가 말했다. "여자 애들도 잘 해요. 해시계까지 공을 던질 수 있겠어요. 하지만 야구 방망이와 공이 없네요. 사람도 모자라고요"

메데아는 그것 참 안 됐다는 듯 손바닥을 마주치며 말했다.

“그래 야구 방망이가 없구나. 공도, 사람도 없고. 하지만 신경 쓰지마. 정원에서 숨바꼭질하면 되지. 저기 호두 나무 있는 곳까지 뛰어 갈거야. 난 백년 동안 뛰어본 적이 없거든.”

그녀는 정말로 귀신같이 우리들을 찾아냈다. 그래서 나는 뒤꽁무니에서 헥헥대면서 이런 의심을 하지 않을 수 없었다. 이 여자가 자기 나이를 1, 2 년 속인 거 아냐? 메데아는 온 힘을 다해 숨바꼭질을 했고, 정말이지 무슨 예술가처럼 숨바꼭질에 자신의 온 존재를 던져 넣은 것 같았다. 여기 저기 꼭꼭 잘 숨었다가 다시 나타나고 쾌활하게 웃으면서 뛰어다니는 것이 마치 여자 마법사 같았다. 마치 수선화 동산에서 잠깐 이 세계에 내려와 상쾌하고 은은한 공기를 만끽하고 있는 동화 속 여인 같았다.

한참 놀다가 지루해진 우리는 해시계가 있는 곳으로 돌아왔다. 한번 궁금한 게 생기면 끝까지 물고 늘어지는 해롤드가 해시계에 새겨진 글자를 만지작 거리면서 물었다. “시간, 티 알 와이 이 티 에이취, 티 알 오 티 에이취 이. 이게 뭔 말이에요?”

메데아는 양 손에 얼굴을 묻은 채 해 시계를 내려다 봤다.

"그것이 내가 여기 온 이유란다." 메데아는 사뭇 달라진, 낮은 음성으로 말했다. "그 자들은 나를 여기에 가두었지. 그들은 내가 잊을 거라고 생각해. 하지만 나는 절대로, 절대로, 절대로 못 잊지. 그리고 그는 말이지… 아니, 오래 된 얘기야… 나도 몰라!"

메데아는 양 손에 얼굴을 묻고 있었다. 그 오래된 정원에는 정적만 흐르고 있었다. 나는 무력감을 느꼈다. 해롤드 녀석을 확 걷어차 버려야 하나 머리 속으로 생각하는 것 말곤 내가 할 수 있는 일이 딱히 없어 보였다.

여자 한 명이 저 쪽에서 다가오고 있는 것을 아무도 눈치채지 못하고 있었다. 다부져 보이는 상이었는데 우리의 아름다운 메데아와 얼마나 비교가 되던지. 메데아가 말했던 그 세월이란 아마도 이 여자와 함께 보낸 세월이 아니었나 싶었다. 이 여자는 벙어리 장갑을 끼고 있는데, 난 벙어리 장갑 낀 여자를 보면 속임수를 쓰는 것 같아 영 불쾌했다. "루시!" 우리 이모 같은 목소리로 그 여자가 고함을 쳤다. 메데아는 죄라도 지은 듯 놀랐다.

"너 울고 있었구나." 그 여자가 안경 너머로 메데아를 심각하게 바라보며 말했다. “이 꾀죄죄한 꼬맹이들은 다 뭐냐?”

“내 친구들이에요. 이모.” 메데아가 쾌활한 척하며 말했다. “오래전부터 알고 지내던 친구예요. 내가 오라고 했어요.”

이모는 의심스럽다는 듯 바라 봤다. “안으로 와서 누워 있어라. 해를 보면 두통이 생길 거다. 그리고 니들은 얼른 집에 가라. 차 마실 시간이 됐잖니. 그리고 앞으로는 유모 없이는 여기 오면 안된다, 알겠지?”

해롤드가 불안한 듯 내 옷을 잡아 끌었다. 나는 메데아가 돌아서서 우리를 향해 자신의 하얀 손에 키스를 날리며 그 여자 손에 이끌려 들어가는 모습을 지켜보며 서 있었다. 그리고 나서 난 달렸다. 우리는 안전하게 배에 당도했다. “재수없는 늙은 용 같으니!” 해롤드가 말했다.

“그 이모라는 여자 짐승같지 않니?” 내가 말했다. “해를 쐬면 두통이 생긴다고 생각하다니. 하지만 메데아는 정말 좋은 친구야. 우리가 메데아를 구출했어야 했던 것 아닐까?”

“에드워드가 있었으면 그럴수도 있었겠지.” 해롤드가 확신했다.

문제는 그 영웅 녀석이 어떻게 됐느냐 하는 것이었다. 의문은 곧 해결됐다. 우선 열받은 고음의 목소리가 길 저 쪽에서 들려 왔고 이윽고 똥 빠지게 달음박질치는 에드워드와 뚜껑이 열려서 그 뒤를 바짝 쫓아오는 여인네의 모습이 보였다. 에드워드는 배 뒤쪽으로 뒹굴듯 기어들어와서는 숨을 헐떡이며 "빨리 배를 움직여!"라고 소리 질렀다. 우리는 젖먹던 힘을 짜내서 배를 밀었다. 여인네는 둑에 서서 우리를 향해 욕을 바락바락 해 댔다. 그 옛날 알프레드가 약탈꾼 데인족들에게 욕을 퍼부었던 것처럼.

"서쪽 지방의 호족 같은 여자네!" 개울을 타고 내려오면서 내가 말했다. "근데 너 그 여자에게 뭔 짓을 했나?"

"뭔 짓 한 거 없어" 에드워드가 여전히 헐떡대며 말했다. "마을 쪽으로 가서 탐험을 했거든. 굉장히 좋은 마을이었고 사람들도 다 교양있더라고. 대장간이 하나 있었는데, 말에게 말굽을 박고 있었고 말굽에서 연기도 나고 그 냄새도 굉장했지. 그곳에서 상당히 오래 있었어. 그랬더니 목이 좀 마르더라고. 그래서 저 늙은 여자에게 물 좀 달라고 말했지. 그 여자가 물을 가지러 간 동안 그 여자의 고양이가 집에서 기어 나오더니 나를 아주 밥맛없는 눈으로 쳐다보면서 듣기 싫은 소리를 내더군. 그래서 난 그 물건한테 다가갔지. 그냥, 뭐랄까, 그 물건에게 예의라는 것을 가르쳐 주기 위해서 말야. 그랬더니 이 망할 고양이가 사과나무로 날름 올라가더니 날카로운 소리를 내며 야옹대는게 아니겠니. 그러자마자 그 늙은 여자가 나를 죽어라 뒤쫓아 왔던 거야."

에드워드는 몸소 험한 꼴을 당한 뒤라 메데아 얘기 따위엔 전혀 관심이 없었다. 게다가 시간은 저녁으로 접어들고 있었고 따라서 이 탐험은 이제 내일로 미뤄야 한다는 점이 자명해졌다. 집이 점점 가까워지자 정말로 큰 위험은 지금부터 시작되리라는 생각이 우리의 머리 속을 비집고 들어왔다. 아마도 라르킨씨는 지금쯤이면 자신의 배가 없어졌다는 사실을 알아챘을 것이고, 따라서 우리가 도착할 만한 지점에서 보란듯이 우릴 기다리고 있을테니. 집 쪽엔 배를 댈 만한 곳이 없었다. 하지만 반대편으로 가서 다리를 이용한다면 우린 꼼짝없이 발각되어 작살날 것이 뻔했다. 이쯤되자 행운을 비는 수밖엔 없었다. 사기에 능한 큰 형이 우리와 함께 있으니. 원래 배를 대려고 했던 곳에 가까워질 때까지 침묵을 지키고 있던 에드워드는 우리를 반대편 둑으로 데려갔다. 우리는 살금살금 어둠의 비호를 받으며 버드나무 뒤에서 쭈그리고 있었다. 그러는 동안 에드워드는 텅빈 배를 발로 밀었다. 아르고는 부드러운 물결을 타고 미끄러져 내려갔다. 배가 반대편으로 흘러가자 우리는 주의를 기울인 것이 옳은 행동이었음을 알게 됐다. 우리는 라르킨 씨가 대체 어디에서 진을 치고 있는지 궁금했다. 자신의 배가 마침내 바람과 물결 탓에 손도 닿지 않는 곳으로 둥둥 떠내려가자 라르킨 씨는 4분의 1마일 아래에 있는 다리 쪽으로 걸어갔다. 아저씨의 구두가 또각거리는 소리를 듣자마자 우리는 숨어 있던 곳에서 나와 기술을 발휘하여 배를 원래 있던 지점에 묶어 놓았다. 에드워드는 좀 더 기다렸다가 낙담한 아저씨를 반대편 둑에서 만나 칭찬을 듣고 싶어 안달 나 있었다. 하지만 안 그러는 게 낫다는 쪽으로 결론이 났다. 우리에게 해적질은 시기 상조였다. 율리시즈도 비슷한 행동을 한 것을 후회하지 않았던가. 율리시즈가 이 곳에 있었다면 아마도 철수하라고 조언했을 거다. 에드워드는 내가 아주 형편없는 조언자라고 말했다. 하지만 율리시즈에 대한 녀석의 존경심은 대단했다.

로마의 길

우리 동네의 모든 길은 유쾌하고 다정하며 저마다의 특색을 갖고 있었다. 하지만 이 길은 다른 길과는 달랐다. 뭔가 진지한 목적을 갖고 있는 듯한 강한 인상을 풍긴다고 할까. 이 길을 걷다보면 이상하게도 가슴이 부풀어 오르는 것 같았다. 다른 길은 주로 생울타리와 웅덩이 같은 것으로 관심을 끌었다. 멋진 풀과 들쥐와 개구리 같은 것으로 말이다. 이런 길에서는 천천히 걸어야 한다. 왜냐면 길 이쪽 저쪽에서 조그만 손들이 당신의 눈길을 끌기 위해 쓱하고 나타날테니. 하지만 내가 얘기하고 있는 이 특별한 길은 다소 근엄해 보이기까지 했다. 둑과 울타리를 벗어나 탁 트인 들판으로 곧게 이어진 길이었지만 천박한 인간들이 그저 우연히 왔다갔다 하는 것을 굉장히 싫어하는 것처럼 보였기 때문이다. 억울한 일을 당하거나 실망감에 지쳐 허덕일 때, 혹은 오늘처럼 마음이 온통 시커먼 지옥과도 같을 때, 나는 그 길 위에서 홀로 건곤했다. 세상이 내게 등을 돌리고 나 역시 그런 세상에 등을 돌린 어느 오후에도 난 그 길 위에 있었다.

"기사의 길". 우리 어린애들은 그 길을 그렇게 불렀다. 란슬롯과 그의 전사들이 멋진 군마를 타고 오게 된다면 바로 이 길로 오게 될 거라는 생각 때문에. 그 강인한 기사들은 미지의 장소에서 여전히 살아있을 것만 같았다. 어른들은 종종 이 길을 "순례자의 길"이라 불렀다. 하지만 나는 순례자에 대해서는 아는 게 없었다. 호셀버그 이야기에 나오는 월터라는 인물을 제외하곤 말이다. 그 이야기 속에서 월터라는 자는 초췌한 눈을 하곤 관목 숲에서 튀어나와 평화와 용서가 기다리고 있는 예루살렘을 향해 목숨 걸고 행진하는 동료 순례자들을 소리 높여 불렀다. 누군가가 얘기했다. 모든 길은 로마로 통한다고. 나는 당연히 그 말이 진실이라고 생각했고 그 말에 대해 여러 날 생각해 봤다. 그리곤 그 말에는 뭔가 잘못된 것이 있는 것 같다는 결론을 내렸다. 적어도 길 하나를 두고 하는 말이라면 일리가 있겠지만. 스메들리 선생님께서 역사 수업 시간에 이렇게 말씀하셨다. 희한한 길 하나가 있는데 이 길을 따라가다 보면 영국 한가운데에 도착하게 되고 여기서 계속 나아가면 해변에 도착하고 이후에는 프랑스에 도착한다는 것이다. 반대로 곧게 나아가면 도시와 포도밭, 그리고 안개낀 스코틀랜드를 거쳐서 영원의 도시에 당도하게 된다는 것이다. 스메들리 선생님의 말씀은 죄다 증거 불충분으로 의심이 많은 애들에겐 먹혀들지 않았다. 하지만 선생님이 말씀하신 그 길이 바로 이 길인 것 같았다. 선생님은 어쨌든 진리를 찾아내신 듯.

로마! 내 발에서 시작해서 머나먼 곳까지 이어지는 가상의 하얀 끈이 끝나는 곳에 로마가 있다는 사실은 생각만 해도 짜릿했다. 나는 그 날 오후에 로마에 갈 수 있으리라고 생각할 정도로 멍청하진 않았다. 하지만 오늘처럼 일이 짜증나게 돌아가는 날이 다시 오게 되면 언젠가, 엘리자 숙모가 어딜 간 틈을 타서 언젠가 꼭 로마에 갈거라고 생각했다.

나는 로마에 있다면 어떤 기분일까 상상해 보았다. 역사책에서 본 콜로세움이 당연히 있을거다. 가장 중요한 가운데 토막은 그렇고. 그렇다면 나머지 부분은 우리가 일년에 두 번 이발을 하러 가는 읍내를 기반으로 해서 상상을 완성해야 하는데 말이지. 베스파시아누스의 원형극장을 가려면 좁은 진흙탕 길—붉은 사자나 푸른 수퇘지라는 이름의 펍, 창문에 "객실"이라고 써 있는 그런 펍이 있는—을 거쳐야 하는 걸까. 붉은 벽돌로 된 병원과 우리가 보기에 아주 멋있는 건축물이었던 웨슬리안 교회도 거치고? 내 상상 속의 로마인들은 작업복과 코듀로이 바지를 입고 로마산 송아지의 꼬리를 흔들어대며 웨섹스에서 삼삼오오 모여 맥주를 마시면서 시간을 보내는 자들이었다. 나는 로마를 떠나 다른 도시로 갔다. 이름만 들어본 디미스커스라든가 엘리자 숙무가 가장 좋아하는 브라이튼이라든가, 아테네, 혹은 글라스고로 말이다. 글라스고는 특히 정원사들이 좋아하는 곳이지. 하지만 내 생각에 이 도시들은 분명 거기서 거기였다. 웨슬리안 교회는 어디에서든 불쑥불쑥 출몰했으니. 나는 이 도시들 속에 내 마음대로 건물을 지었다. 어떤 제약도 받지 않은 채 유일한 건축가로서 말이다. 나는 마음 속으로 꿈의 궁전 안을 거닐고 있었다. 그 때 난 그 예술가를 만났던 것.

그는 길가에 앉아 작업을 하고 있었다. 향나무가 우거진 시원하게 탁 트인 곳에서. 그의 행색을 보니 예술가 같았다. 게다가 그는 내가 입은 것 같은 반바지—내가 알기로 남자 애들이나 예술가들만 입는—를 입고 있는 것이었다. 나는 질문을 해서 그를 방해하거나 그의 어깨 너머로 흘끗거리거나 그의 귀에 바람을 불어넣거나 해서는 안 된다는 것을 알고 있었다. 예술가들은 그런 걸 싫어하니까. 하지만 내 행동 강령에 '누군가를 관찰하지 말아야 한다'는 원칙은 없었다. 그래서 나는 그저 잔디밭에 웅크리고 앉아서 그의 일거수 일투족을 열심히 관찰하고 있었다. 5분쯤 지나자 그의 단추 하나까지도 샅샅이 점검했을 정도였다. 확신컨대 나는 그 예술가가 입은 양복의 무늬며 재질에 대해 정작 예술가 자신보다 더 잘 알고 있었을 거다. 예술가는 한 차례 고개를 들더니 담배갑을 거의 기계적으로 꺼냈다. 그리고는 그것을 다시 주머니에 집어 넣고 작업을 계속했다. 나는 여전히 그를 관찰하고 있었다.

다시 5분쯤 지나자 그가 내 쪽을 보지도 않은 채 말했다. "좋은 오후야. 오늘 멀리까지 가서 노니?"

"아뇨. 오늘은 여기까지만요." 그가 말했다. "오늘 로마에 갈 생각이었는데 연기하려고요."

"로마는 즐거운 곳이지." 그가 말했다. "너도 좋아할 거다." 잠시 후 그가 말했다. "하지만 내가 너라면 지금은 안 갈거다. 무지하게 덥거든."

"로마에 가 본적 있어요?" 내가 물었다.

"응." 그가 짧게 대답했다. "난 거기에 살아."

이건 대단한 일이었다. 나는 완전히 놀랐다. 로마에 산다고 말하는 사람을 여기에서 만나다니 턱이 쑥 빠질 만큼 놀랄 일이었다. 할 말이 없었다. 게다가 나는 달리 할 일도 없었다. 10분동인 나는 이미 이 사람을 단지 낯선 예술가로만 생각하며 관찰했던 건데. 이젠 새로운 각도에서 원점으로 돌아가 모든 것을 재고해 볼 차례가 된 것이다. 그리하여 나는 이 사람의 모자에서부터 영국식 구두에 이르기까지 새로운 시각으로 찬찬히 뜯어보면서 그에게서 로마인의 흔적을 찾으려 애썼다. 마침내 나는 말했다. "하지만 정말로 거기에 사시는 건 아니죠?" 의심한 게 아니라 그에게서 같은 대답을 듣고 싶어서였다.

"그게 말이다." 나의 무례한 질문을 온화하게 받아주면서 그가 말했다. "나는 내가 살고 싶은 만큼 로마에 살수 있단다. 대략 1년에 6개월 정도 그 곳에 살지. 난 그 곳에 오두막이 있어. 나중에 보러 와라."

"하지만 다른 곳에서도 사시나요?" 내가 물었다. 물어보고 싶은 것이 많았지만 꾹꾹 누르면서.

"그래. 난 어느 곳에서든 산단다." 애매한 대답이었다. "피카딜리에도 집이 있지."

"거기가 어디에요?" 내가 물었다.

"거기가 어디냐고?" 그가 말했다. "런던에 있는 피카딜리!"

"넓은 정원도 있으세요?" 내가 물었다. "돼지도 있어요?"

"정원은 없어." 그가 슬픈 표정으로 말했다. "그리고 돼지를 키우는 것은 허락되지 않아. 난 키우고 싶은데. 가혹한 일이지."

"그럼 하루 종일 뭐해요?" 내가 물었다. "돼지도 정원도 없으면 어디 가서 놀아요?"

"놀고 싶으면," 예술가가 진지하게 말했다. "나는 길거리에서 놀아. 재미는 없지만. 여기서 멀지 않은 곳에 염소 한 마리가 있는데 쓸쓸할 때면 그 녀석에게 말을 걸지. 하지만 너무 고집이 세."

"염소는 고집이 세요." 내가 말했다. "이 근처에 사는 놈이

하나 있는데 그 놈에게 말이라도 붙일라치면 대가리로 들이받는다니까요. 누군가에게 들이받이는 게 어떤 느낌인지 아세요?"

"나도 알지." 그가 우울한 목소리로 말했다. 그리고는 계속 그림을 그렸다.

"다른 곳에 가보신 적 있어요?" 내가 물었다. "로마와 피카… 뭐라고 했더라? 아무튼 거기 말고요?"

"아주 많지." 그가 말했다. "나는 율리시즈 같은 사람이야. 많은 사람들과 도시를 보았지. 안 가본 데가 없단다. 사실 내가 안 가본 유일한 곳은 '행복의 섬' 뿐이지."

나는 이 아저씨가 좋아졌다. 그는 짧고 간결하게 내 질문에 대답했으며 억지로 웃긴 말을 하려 하지도 않았다. 나는 이 아저씨에게 속내를 털어놓을 수도 있겠다고 생각했다.

"사람이 아무도 없는 도시를 발견하고 싶지 않으세요?" 내가 물었다.

그는 당황한 듯 했다. "무슨 말인지 모르겠구나."

"도시 말이에요" 내가 말했다. "그러니까 문을 통해 들어가 보면 아름다운 것들로 가득찬 가게도 많이 있고, 멋진 집도 많이 있는데 사람이 아무도 없는 도시 말이예요. 그러면 가게로 들어가서 아무거나 가지고 나올 수 있어요. 초콜렛과 요술 전등 같은 거요. 돈을 낼 필요도 없고요. 그 곳에선 맘에 드는 집을 골라잡고 맘대로 살 수 있거든요. 잠도 안 오는데 억지로 잠자리에 들 필요도 없고요."

예술가는 붓을 내려 놓고 말했다. "좋은 도시겠구나. 로마보다 더 좋지. 로마나 피카딜리에선 그렇게는 살 수 없어. 하지만 나는 그런 곳엔 가 본적이 없단다."

"그럼 친구들한테 물어보세요." 내가 말했다. "물론 아저씨가 좋아하는 친구들에게만요. 집도 갖고 있고, 그것도 많이 갖고 있을테지만 친척 하나 없는 친구들한테요. 그 친구들이 행복하지 않다고 말한다면 그 분들은 그 도시에 가 봐야 해요."

"넌 친척이 없니?" 예술가가 말했다. "그래 어쩌면 네 말이 맞는지도 모르겠다. 우린 비슷한 취향을 갖고 있는 것 같구나."

"제게는 해롤드와 샬롯이 있어요." 내가 말했다. "그 애들은 그 도시를 굉장히 좋아해요. 그 외의 사람들은 너무 늙었어요. 마사도 있긴 해요. 요리랑 빨래랑 여러 일을 해 주는 마사 말이에요. 아저씨도 마사를 좋아할 거예요. 엘리자 숙모보다 훨씬 좋아요. 난 마사가 진정한 숙녀라고 생각하거든요."

"나도 마사가 마음에 들 것 같구나." 그가 대답했다. "네가 말한 그 도시 이름은 뭐니? 혹시 네펠로 라고 했던가?

"모르겠어요." 내가 소심하게 대답했다. "아직 이름은 없어요."

예술가는 들판을 바라보았다. "'그 시인은 이렇게 노래했노라. 아름다운 도시 케크로푸스여.'" 예술가는 나지막히 중얼거렸다. "'그대 이렇게 말해 주지 않겠는가, 아름다운 제우스의 도시라고' 마르쿠스 아우렐리우스가 한 말이란다." 그는 다시 그림을 그리기 시작했다. "마르쿠스 아우렐리우스라고 들어봤니? 아직은 모르겠지만 언젠가는 들어보게 될 거야."

"그게 누구예요?" 내가 물었다.

"로마에 사는 사람이야." 아저씨가 말했다.

"와!" 내가 소리쳤다. "로마에는 정말 많은 사람들이 사네요. 그런데도 난 한 번도 못 가봤다니! 하지만 저는 제 상상속의 도시가 최고라고 생각해요."

"나도 그렇게 생각해." 그가 대답했다. "하지만 마르쿠스 아우렐리우스는 안 좋아할 거야."

"그럼 그 사람을 우리 도시에 초대 안 하면 돼요." 내가 말했다.

"네가 싫다면 나도 초대하지 않을게." 그가 말했다. 이 문제가 해결되자 잠깐 침묵이 흘렀다.

그가 말했다. "네가 말한 도시와 비슷한 곳에 몇 번 가 본 사람들을 한 두 명 만난적이 있어. 아마 같은 곳일 거다. 그 도시에 대해 별 말을 하지는 않더구나. 그저 이따금 아주 조금 얘기해 줄 뿐이지. 하지만 분명히 그 곳에 가 본 사람들이야. 그 사람들은 특별히 좋아하는 것도 없는 것 같어. 그들이 보기에 모든 것이 다 똑같지. 부드러운 것이든 거친 것이든. 그 사람들은 이내 사라져 버린단다. 그리곤 다시 못 보게 되지. 그냥 사라져 버리는 거야."

"물론 그래요." 내가 말했다. "그 사람들이 왜 왔다가 사라지는지 모르겠어요. 왜 그들이 그 도시에 대해 아주 조금만 얘기해 주는지, 왜 하인들이랑 부엌에서 차를 마시면 안 되는지, 개를 데리고 자면 안되는지 모르겠다니까요. 하지만 나는 정말로 그 도시에 다녀 온 사람들을 만난적이 있어요."

예술가가 나를 뚫어져라 쳐다봤다. 하지만 무례하다는 느낌은 없었다.

"음… 란슬롯 있잖아요." 내가 말했다. "책에는 죽었다고 나와요. 하지만 맞는 말 같진 않아요. 란슬롯은 아서왕처럼 그냥 어디로 간 거라구요. 크루소도 그렇고요. 옷을 입거나 남들 눈을 의식해서 사는 것이 지긋지긋해진 크루소 아시잖아요. 그리고 공주와 결혼하지 못하고 결국 무덤으로 간 그 멋진 청년들도 그냥 어디로 간 거고요. 책에는 한 사람만 공주와 결혼할 수 있다고 나오잖아요. 그 사람들 모두 다 그 도시에 있을 거예요!"

그가 말했다. "그리고 다른 이들처럼 최선을 다했지만 결국 출세 못하고 나가떨어지거나 사라진 사람들, 혹은 아수라장 속에서 다치거나 골로 간 사람들, 그래서 공주랑 결혼 못하거나 이류급 왕국도 손에 못 넣은 그런 사람들도 다 그 곳에 있을 거란 말이지?"

"네." 예술가의 말을 이해하지는 못했지만 대답은 그렇게 했다. "그 사람들이 아저씨 친구들이라면 그 분들에게 물어보면 돼요."

"그러려면 시간이 모자라겠구나." 예술가가 말했다. "마르쿠스 아우렐리우스가 들으면 깜짝 놀라겠는걸?"

그림자가 길어지고 있었다. 금빛 햇살이 회색 빛 도는 녹색 잔디에 내려 앉았다. 그러자 예술가는 자신의 짐을 챙겨서 떠날 채비를 하고 있었다. 나는 좀 슬펐다. 만나자마자 헤어져야 하다니. 잠시 후 그는 일어섰다. 상당히 몸이 곧고 키가 큰 아저씨였다. 그가 내 머리 위에 서 있을 때 보니, 지는 해가 그의 머리와 수염에 비치고 있었다. 그는 나를 친구처럼 대하며 나와 악수했다. "대화 즐거웠다." 그가 말했다. "정말 재미있는 주제였어. 아직도 할 얘기는 많지만. 다음에 또 만나자."

"물론 또 만나야죠." 의심의 여지없이 내가 대답했다.

"로마에서 말이니?" 그가 물었다.

"네, 로마에서요." 내가 말했다. "혹은 피카… 하여튼 어디든지에서요."

"아니면 다른 곳도 좋고." 그가 말했다. "내가 너를 찾으마. 너도 날 보면 크게 소리치거라. 그리고는 팔짱을 끼고 길거리를 돌아다니자꾸나. 가게에도 가고. 그리고 나선 너는 네 집을 고르고, 나도 내 집을 고르면 되겠구나. 우리 둘다 왕자처럼 살 수 있겠지."

"우리 집에서 머무실 건가요?" 내가 말했다. "아무도 초대 안하고 아저씨만 초대할게요."

그는 잠깐 생각하는 것 같았다. 그리고 나서 "그러자" 라고 말했다. "나는 네가 진심이라고 믿는다. 너네 집에 가서 머물게. 다른 사람들이 오라고 해도 절대 안 갈거야. 너네 집에서 꽤 오래 있을거야. 그래도 말썽은 안 피울거다."

이런 약속을 하고 나서 우리는 헤어졌다. 나는 나를 이해해 주는 사람을 만나서 너무 기뻤다. 그리고 나서 나는 아무 것도 할 일이 없는 따분한 나의 집으로 돌아왔다. 삼촌들과 신부님, 그리고 다른 어른들이 머저리 같은 짓거리라고 흉보는 것들을 이 예술가는 자연스런 것으로 모두 이해해 주다니. 언젠가 다시 만나게 되면 이 모든 것들에 대해 잘 설명해 주시지 않을까. 기사의 길이라! 그 길은 늘 내게 위로를 주었다. 그 예술가는 내가 그렇게 찾아 헤매던 사라진 기사들 중 한 명이 아니었을까 싶다. 아마 아저씨는 다음에 만나면 갑옷 차림으로 나타날 수도. 그러지 말라는 법이 어디 있겠나? 예술가 아저씨는 갑옷을 입으면 멋져 보일 것 같았다. 아저씨가 금빛의 도시의 번화가에 나타나면 나는 제일 먼저 그 곳에 가서 아저씨의 헬멧과 방패에 번쩍이는 햇빛을 볼 거다.

그 금빛의 도시를 찾기만 하면 된다. 쉬운 일이지.

비밀 서랍

우리 집엔 아무도 사용하지 않는 방 하나가 있었다. 아마도 옛날에 여인네들의 안방으로 사용되었던 듯. 그 방에는 낡은 책상 하나가 있었다. 책상의 앞 부분은 낡아서 바래 있었는데 뭔가 여성스런 구석이 있었다. 책상 위에는 장밋빛과 푸른색의 도자기가 있었고 커다란 사발에는 아련한 향을 풍기는 방향제가 들어 있었다. 푸른색과 흰색으로 채색된 사발은 희한한 구멍이 나 있는 뚜껑으로 덮여 있었다. 현대의 이모들은 이 윗층에 있는 구닥다리 구식 방을 싫어했다. 대신 보다 중심에 위치한 소란스런 방에서 일을 하거나 잡담을 즐기는 것을 좋아했다. 한 쪽 눈으로는 마차가 지나가는 것을 보고 다른 쪽 눈으론 빈둥대는 하인들이나 사고뭉치 애들을 감시할 수 있는 그런 방 말이다. 옛날 이모들이 우리랑은 더 잘 맞았을 것이라 생각한다. 하지만 아무 방이나 막 들어가는 우리 어린 애들조차도 그 방엔 잘 들어가지 않았다. 확실히 그 방엔 우리가 탐

낼만 한 것이 없었다. 그저 몇 개의 의자와 하프 한 대—전설에 따르면 엘리자 숙모가 아주 옛날 한 때 연주했다던—, 그리고 사기 그릇이 들어있는 찬장과 낡은 책상이 있었을 뿐. 하지만 그 방이 가진 특징이 있었는데 즉, 비밀스럽다는 점이었다. 그 방은 침입자로 하여금 자신이 침입하고 있다는 생각을 하게끔 만드는 힘을 갖고 있었다. 방금 전 까지만 해도 누군가 그 의자에 앉아서 책상에서 뭔가를 쓰거나 그릇들을 만지작거리고 있었다는 생각을 하게끔 말이다.

'귀신이 나오다'와 같은 험한 단어는 이 기분 좋은 구식 방에는 어울리지 않았다. 하지만 그 방이 아무도 들어가지 않는 외딴 방이라는 사실을 부정할 수는 없었다.

토마스 삼촌은 우리 집에 오래된 책상이 있을지도 모른다는 가능성을 내게 상기시킨 최초의 인물이었다. 어느 날 오후 삼촌은 집 안을 돌아다니고 있었다. 나더러 자기 뒤를 잘 따라 오라고 신신당부하면서. 삼촌은 일 분도 혼자 있기를 싫어하는 사람이었다. 그 때 삼촌이 뭔가를 봤다. "오호라, 쉐라톤풍의 가구네!" 그가 말했다. (이 양반은 뭐든 수박 겉 핥기 식으로 아는 사람이었다.) 그러더니 텅 빈 구멍과 먼지 낀 외관을 찬찬히 살피는 것이었다. "아주 좋은 무늬야." 그가 말했다.

"아주 좋은 작품이군. 이게 뭔지 알겠어. 여기에 비밀 서랍이 있을거야." 내가 다가가자 삼촌이 갑자기 소리쳤다. "젠장, 담배 피우고 싶어 죽겠네." 그러더니 휙 돌아서 정원으로 나가는 것이었다. 나는 컵을 들고 멀뚱히 서 있었다. 나는 생각했다. 담배라는 것은 얼마나 요물인지. 법정에 있든, 전쟁터에 있든, 숲 속에 있든 악마처럼 사람을 사로잡고는 놓아주지 않으니. 나도 나이가 들어 어른이 되면 저 꼴이 될지 문득 궁금해졌다.

하지만 나는 쓸데없는 생각을 하며 시간 낭비하고 싶지 않았다. "비밀 서랍"이라는 말에 자꾸 신경이 쓰였다. 그런 단어는 소년의 상상력을 자극하는 말들이었다. 마치 동굴, 작은 문, 미닫이 문, 금괴, 은괴, 스페인 달러 같은 단어들처럼 말이다. 비밀 서랍이라는 말을 들은 누구라도 그 안에 아무것도 없기를 바라지는 않을 거다. 아… 나는 돈을 정말로 갖고 싶었다. 내가 원하는 물건들의 목록이 내 머리 속을 주마등처럼 스쳐갔다.

우선 조지 자나웨이에게 주고 싶은 파이프가 있었다. 마사의 애인인 조지는 양치기였고 나랑 친했다. 조지는 지난 번 장에 갔을 때 양치기들이 으레 그러하듯 애인에게 줄 선물을 사면서 내게 줄 예쁜 뱀 인형도 샀던 것이다. 나무로 만들어진 것이었는데 관절로 이어져 있어서 손에 두면 꿈틀꿈틀 움직였다. 녹색 바탕에 노란 점이 있는 모양의 뱀이었다. 색을 칠한지 얼마 안 된지라 좀 끈쩍끈적하고 냄새가 강하게 났다. 붉은 혀를 달고 있었는데 턱에 기가 막히게도 잘 붙어 있었다. 나는 그 뱀 인형을 매우 좋아했고 매일 밤 잠 들 때 함께 잤다. 하도 갖고 다녀서 결국 망가져버렸지만 말이다. 나는 조지가 시장에서 내 생각을 해 준 것이 너무 감사했다. 그래서 나는 조지에게 파이프를 선물하고 싶었다. 본격적으로 양이 새끼 낳는 시기가 다가오자 조지는 저기 먼 겨울 들판에서 바퀴달린, 나무로 만든 집에서 혼자 지냈다. 털 달리고 아무 말도 안 하는 양들의 얼굴 말고는 아무도 못 본 채로 말이다. 조지가 마사와 결혼하자 마사는 매일 그의 저녁 식사를 날라다 줘야 했다. 무려 2마일이나 되는 거리였다. 밥을 먹으면 아마도 내가 준 파이프로 담배를 피겠지. 목가적인 삶의 모습 아닌가. 하지만 그런 생활에 어울리는 괜찮은 파이프는, 마사가 얘기한 적 있듯, 18펜스 이상 줘야 살 수 있었다. 자, 그 다음엔.

에드워드에게 꾼 4펜스를 갚아야 했다. 에드워드는 돈을 갚으라고 나를 괴롭히진 않았지만 나는 그가 그 돈이 필요하다는 것을 잘 알고 있었다. 에드워드는 셀리나에게 그 돈을 갚아야 했던 것이다. 그러면 셀리나는 그 돈으로 2실링을 채워서 해롤드에게 이미 굳게 약속했던 생일 선물을 사 줄 계획이었다. 장난감 가게 진열창에 쓸모없이 놓여있는 영국 군함 말이다. 전쟁 중엔 요긴하게 쓰였던 군함.

그 다음엔. 다람쥐를 잡은 녀석이 마을에 있었다. 나는 한 번도 다람쥐를 잡은 적이 없었다. 녀석은 다람쥐 값으로 1실링을 불렀다. 하지만 나는 당시 돈이 모자랐다. 이제와서 이런 쓸데없는 생각을 한들 무슨 소용이람. 나는 아무리 거대한 금괴라도 다 써버릴 수 있을 정도로 돈 쓸 데가 많았다. 반 파운드짜리 금화 한 개만 있어 봤으면. 유일한 희망은 그 마법의 서랍 뿐이었다. 나는 이 옆에 딱 붙어서서 금쪽같은 시간들을 날려 버리고 있는 중이었다. 설사 이 서랍 안에서 뭔가를 찾는다고 해도 그게 내 것이 될 수 있는지 없는지에 대해서는 생각해 보지 않았던 것이나.

방은 매우 조용했다. 나는 기대감에 부풀어 그 책상으로 다가갔다. 오래된 향긋한 나무 냄새가 났다. 방향제의 향내가 낡은 비단 천의 색깔과 묘하게 잘 뒤섞였다. 그리하여 비단천과 방향제는 이미 하나가 되어 있었다.

뭐가 나올까 기대를 하면서 나는 책상의 구멍과 부드럽게 열리는 서랍을 찬찬히 살펴 보았다. 이런 종류의 모험을 할 때 알고 있어야 하는 사항을 알려 주는 책 따위는 없었다. 하지만 어떤 도움도 받지 않고 성공을 거둔다면 그 영광은 엄청날 것이었다.

성공할 사람에겐 운명도 격려를 보내주는 법이다. 2분도 지나지 않아 나는 녹슨 단추 걸이를 발견했다. 이것은 실로 엄청난 것이었다. 사실 우리들의 놀이방에도 남녀 공용의 흔한 단추 걸이가 있었다. 하지만 우리들 중 누구도 이처럼 특별한 단추 걸이를 가진 애는 없었다. 나는 이 보물을 조심스럽게 주머니에 넣었다. 다른 서랍의 뒷 편에는 오래 된 외국 우표 세 개가 있었다. 나는 이른바 보물을 손에 넣고 있는 중이었다.

이 후엔 별다른 성과가 없었다. 서랍을 모조리 빼서 앞 부분부터 뒷 부분까지 샅샅이 뒤졌지만 아무 소득이 없었던 거다. 손잡이든 스프링이든 툭 튀어나온 뭐든 만져봤지만 헛수고였다. 아무런 소출도 내지 않는 그 낡은 책상은 비밀을 수호하면서 그렇게 굳건하게 서 있었다. 지킬 비밀이나 있었는지 모르지만. 나는 상당히 지치고 낙담하게 됐다. 토마스 삼촌은 실없는 소리를 해서 우리들은 이상한 모험으로 이끈 것은 이번이 처음이 아니었다. 더 찾을 필요가 있을까? 더 수색하는 것이 무슨 의미가 있을까? 내 마음 속에서는 실망감과 실패감이 들끓고 있었다. 인생은 실패와 불시착의 기나긴 기록 같았다. 완전히 실망해서 나는 수색을 그만 두고 창문으로 향했다. 방에서 햇빛이 사라지고 있었다. 밖을 보니 해가 지려고 갖은 노력을 다 하고 있었다. 정원에서는 토마스 삼촌이 에드워드를 거꾸로 붙든 채 패고 있었다. 에드워드는 실성한 듯 버둥대면서 삼촌의 배가 있을 것 같은 곳을 향해 헛주먹을 날리고 있었다. 녀석의 주머니에서 나온 자질구레한 물건들이 잔디밭에 흩어져 있었다. 나 역시 한 두 시간 전에 비슷한 일을 당했는데도 이제는 그런 광경이 나와는 상관없는, 먼 나라의 일처럼 느껴졌다.

구름이 서쪽을 보라색으로 물들이며 모이고 있었다. 구름 아래에선 남북 방향으로 저 멀리 지평선까지 해가 금빛이 띠를 이루며 빛나고 있었다. 저멀리 어딘가에서 뿔피리 소리가 들렸다. 마치 금빛 해가 소리로 변한 것 같았다. 이 소리와 색채의 향연을 보고 있자니 갑자기 용기가 생겼다. 마지막으로 한 번 더 시도해 보는 거야. 마치 운명이 나랑 쓰잘데 없는 게임을 하면서 수치심을 느꼈던 것에 대해 뉘우치면서 다시 내게 손을 내미는 것 같았다. 내가 다시 한 번 책상에 손을 대자 비밀 서랍이 스르르 열렸다.

나는 비밀 서랍을 꺼내서 창문 쪽으로 가져 왔다. 빛에 비추어 보기 위해서였다. 나는 그간 수색을 하면서 너무 낙담한 나머지 별 기대를 하지 않았다. 역시나 아무 것도 없었다. 금괴도, 돈도, 금화도, 나를 벼락부자로 만들어 줄 어떤 것도 그 안에는 없었던 것이다. 밖에서는 피리 소리가 여전히 들려 왔고, 금빛은 연노랑 색으로 변해 버렸으며, 모든 것은 다시 쓸쓸해지고 고요해졌다. 마음 속 내 작은 성은 카드로 만든 집처럼 무너져 내리고 있었고 내게 남은 재산은 아무 것도 없었으며, 다만 우울함만이 그 자리를 채우고 있었다.

하지만 다시 환멸의 서랍 안에 있는 잡동사니들을 바라보고 있자니 어떤 뜨거운 감정이 밀려 오는 것이었다. 나와 비슷한 영혼을 가졌던 어떤 이의 존재가 느껴졌기 때문이다. 아마도 해군 제복에 달렸던 것 같은 두 개의 단추, 내가 모르는 왕의 초상화(오래된 그림이었고 아마도 손재주가 좋은 사람이 그린 것 같아 보였다), 내가 모은 동전들보다 더 투박하고 두꺼워 보이는 외국 동전, 새 알의 목록(발견된 장소도 함께 기입된) 등이 들어 있었다. 담비의 주둥이와 아직도 희미하게 나마 냄새를 풍기는 콜타르 덩이도 있었다. 어떤 소년이 모아 놓은 것이 분명했다. 아마 그 아이도 나처럼 비밀 서랍을 발견해서 자기의 보물을 차곡차곡 모아 놓았었으리라. 그리고 아무도 몰래 비밀스럽게 그것을 간직했으리라. 그래서 어쨌다고? 음… 아무도 왜 이 물건들이 이 곳에 여전히 있는지 절대 알지 못하리라. 하지만 그간의 긴 시간을 거슬러 나는 그 누군가의 손을 만지고 있는 것만 같았다.

나는 그 서랍을 믿음직한 책상에 다시 넣어 두었다. 내용물을 하나도 손 대지 않고 말이다. 스프링이 기분좋게 딸깍거리는 소리를 내면서 서랍이 다시 제 자리에 들어갔다. 나 말고 어떤 다른 아이가 이 곳에 와서 어느 날 이 서랍을 다시 열어 보겠지. 나는 그 아이 역시 나처럼 감사해 할 것이라고 믿는다. 방에서 나가기 위해 문을 열었을때 복도 맨 끝에 있는 놀이방에서 애들이 술래잡기 놀이를 하면서 고함치는 소리가 들려왔다. 고함치는 소리로 미루어 볼 때 아마도 곰이나 강도가 니디난 모앙이었다. 잠시 후면 나도 그 무리에 끼어 신나게 웃어 제끼며 놀고 있겠지. 이 오래된 방의 문지방에서 서성대고 있는 이 순간이 시간적, 공간적으로 얼마나 멀게 느껴질지.

엑시트 티라누스

그 날이 드디어 왔다. 멀게만 보이던 황금빛 그 날이 말이다. 며칠 전에 스메들리 선생님이 정말로 떠난다는 소식이 처음 들려온 날, 일 주일 내내 우리는 환희에 들떠 있었다. 그러면서 우리는 그녀의 지난 악행과 과오와 못된 행위에 대해 열을 올려 토론했던 것이다. 우리는 그녀 몰래 그녀의 잘못에 대해 이러쿵 저러쿵 입방아를 찧었으며, 심지어 인신 공격까지도 서슴치 않았다. 그 동안엔 탈출구가 없으니 그냥 꾸역꾸역 참고 있었던 것 뿐이었다. 그러면서 우리는 앞으로 다가올 찬란한 나날들에 대해 이야기했다. 그 동안 집안 사람들은 스메들리 선생님의 환송 준비를 하고 있었다. 에드워드의 지휘 아래 환송식 준비가 착착 진행되었다. 스메들리 선생님의 물건 상자들이 꼭대기에 실려있고 엄격한 독재자 선생이 안에 앉아있는 그 마차가 출발하는 순간 닭장 위로 깃발 하나가 딱 올라가기로 되어 있던 것. 퇴각하는 적에게 울타리에 설치된 놀이용

대포로 죽음도 불사하는 우리의 정신을 알릴 계획이었다. 개들에게는 리본을 채울 것이고, 이후에는 폭죽놀이가 있을 예정이었다. 예산이 허락하는 한, 한 두 번 정도 쏠 생각이었다.

해롤드가 내 옆구리를 툭툭 찌르는 통해 나는 잠에서 깼다. 그가 말했다.

"오늘 스메들리 선생님이 가셔!" 녀석의 목소리는 잠의 구름을 흩어 버리는 아침 노래와도 같았다.

이상한 말이지만 나는 그 말을 들을 때 그렇게 기쁘지만은 않았다. 옷을 입는데 뭔가 정체를 알 수 없는 좋지 않은 기분이 내 맘 속에서 생겨나는 것이었다. 몸에 난 상처처럼 말이다. 해롤드 역시 그런 내 기분을 알아챈 모양이었다. 녀석은 이번에는 별 감흥 없는 목소리로 "선생님이 오늘 가신대"라는 말을 반복했다. 그러면서 이젠 뭘 할지 지시를 기다리기라도 하듯 내 얼굴을 뚫어져라 바라보는 것이었다. 하지만 나는 녀석에게 날 성가시게 하지 말고 기도나 하라고 말했다. 이 우울함이 예견하는 바는 뭘까? 오늘 같은 날 내 마음을 검게 물들이는 이 우울의 정체는?

마침내 우리는 태양이 빛나는 밖으로 나왔다. 우리는 에드워드를 발견했다. 에드워드는 문가에 기대어 서서 이런 노래를 부르는 것이었다. 모든 동물들이 질서 정연하게 등장하고, 저마다의 언어로 이야기를 하는, 2행 연구의 노래—

"자, 소년들아, 나와 함께 가자.
아침 일찍!"

에드워드는 선생님이 가신다는 것을 잊고 있었던 것 같았다. 나는 그의 어깨를 두드리며 말했다. "선생님이 오늘 가셔!" 내가 말했다. 에드워드가 노래를 멈췄다. "그렇구나." 그가 대답했다. 그리곤 즉시 문에서 몸을 떼었다. 우리는 아무 말도 없이 집으로 돌아왔다.

아침 식사 때 스메들리 선생님은 평소처럼 짜증나게 행동하셨다. 애들의 잘못을 다스려야 하는 가정 교사들에겐 울 권리가 없었다. 샬롯은 물론 울고 있었다. 하지만 별 일 아니었다. 샬롯은 심지어 돼지 코에 고리를 끼울 때 조차도 울어 제끼는 애였으니까. 울게 만든 자는 우는 자를 경멸의 눈으로 바라보게 마련. 주피터가 울었을 때 역모를 꾀한 인간들은 고통을 느끼면서 골치아픈 상황에 놓이게 되었다. 만약 한니발이 울었다면 로마인들은 어땠을까. 역사는 그럴 가능성에 대해 상상

조차 하지 않는다. 양 쪽 모두 규칙과 선례를 철저히 지켜야 하는 법. 한 쪽이 이 규칙을 어기면 다른 쪽은 당연히 피해 봤다고 느끼는 것이다.

그 날 아침에는 당연히 수업이 없었다. 이 역시 슬픈 일이었다.

그 날 우리는 이 우울한 기분과 싸우다가 선생님과 영원히 헤어져야 할 판이었다. 다 외우지 못해 절단된 시체마냥 우리에게 남은 구구단에 대한 증오를 품은 채 말이다. 하지만 이런 일은 일어나지 않을 것이었다. 아침 식사 후에 나는 혼자 정원에서 산책하고 있었다. 이 커져가는 우울함과 최선을 다해 싸우면서 말이다. 우리에게 익숙한 사람들이 떠나는 것은 분명 잘못된 일이다. 모든 것은 변치 않고 그대로 흘러갈 필요가 있는 것 아닌가. 물론 변화라는 것은 필요하긴 하지만. 예컨대 돼지도 우리 곁에 왔다가 너무 빨리 우리 곁을 떠나지 않는가—

"총알이 발사되고
마침내 치열한 전투가 벌어졌다."

하지만 대자연은 변화를 명했다. 그리고 그에 대한 보상으로 빠른 속도로 후세를 안겨준다. 당신은 돼지를 사랑해 본 적이 있는가. 하지만 결국 어른들은 당신에게서 돼지를 빼어간다. 그래서 당신은 슬픔에 빠진다. 하지만 새로운 새끼 돼지가 태어나면 슬픔은 곧 기쁨으로 바뀌게 되는 것이다. 하지만 지금처럼 돼지가 아니라 가정 교사 선생님인 경우에는 대자연은 우리에게 어떤 위안도 주지 않는 것 같다. 상황이 더 나아질 수도 있겠고, 더 안 좋아질 수도 있지만 결코 예전 같지는 않을 것이다. 어린애들이 타고난 보수성은 가난도, 부도 바라지 않는다. 어린애들은 다만 변화를 싫어할 뿐이다.

에드워드는 구부정하니 내 옆에 서 있었다. 마치 잼을 훔치다 딱 걸린 것마냥 처량한 표정이었다. "선생님이 가시면 어떤 일들이 일어날까?" 에드워드가 일부러 으스대면서 말했다.

"정말 재미있겠지." 내가 슬픈 어조로 말했다. 대화가 시들해졌다.

우리는 닭장으로 향했다. 그리고 자유의 깃발에 제 때에 나부꼈으면 하고 바랐다.

"마차가 가면 따라갈래, 아니면 안 보일 때까지 그 자리에서 기다릴래?" 내가 물었다.

에드워드는 의심스럽다는 듯 주위를 바라봤다. "비가 올 것 같은데, 내 생각엔." 그가 말했다. "그리고 말야, 그 깃발 새거야. 새 깃발을 망쳐 놓고 싶진 않아. 나는 아무래도 마차를 따라가지 않을 것 같아."

해롤드가 인디언에게 쫓기는 동물처럼 모퉁이를 돌아 왔다. "내가 대포를 잘 닦아 놨어." 그가 말했다. "기가 막히다구. 지금 대포를 장전해 놓을까?"

"그냥 가만 놔둬." 에드워드가 말했다. "그렇지 않으면 네놈 몸뚱이가 박살날테니." (에드워드에겐 남에 대한 배려 같은 것이 없었다.) "명령을 내릴 때까진 아무 것도 만지지 마. 안 그러면 네 머리통을 날려버릴거니까."

해롤드는 기가 죽어서 고분고분해졌다. "선생님은 내게 편지 보내라고 하셨어." 해롤드가 말했다. "선생님이 철자에 신경 안 쓰시면 나는 편지 쓸거야."

“아, 입 좀 닥쳐 줄래?” 에드워드가 무식이 철철 흐르게 말했다. 다시 한 번 침묵이 흘렀다.

“관목 숲으로 가자.” 내가 소심하게 제안했다. 이 긴장 상황을 누그러뜨릴 뭔가가 필요했기 때문에. “가서 활이랑 화살을 더 만들자구.”

“선생님이 내 생일날 선물로 칼을 주셨어.” 에드워드가 침울하게 말했다. “칼이라고 할 수도 없지만. 그래도 잃어버리고 싶진 않아.”

“내가 다리가 아팠을 때,” 내가 말했다. “선생님이 다리에 약을 발라주시면서 거의 밤을 새셨어. 오늘 아침이 돼서야 그걸 기억해 냈지.”

“마차가 온다!” 해롤드가 갑자기 소리쳤다. “덜컹대면서 오는 소리가 들려.”

처음으로 우리는 서로의 얼굴을 유심히 바라보았다.

마차가 문을 빠져나간 후 시야에서 사라졌다. 바퀴가 덜컹대는 소리가 점점 사라져 갔다. 햇살을 받으며 당당하게 나부끼는 깃발도, 한 시대가 지나감을 알리는 대포 소리도 없었다. 운명은 우리의 존재라는 케익에서 어느 것으로도 대체될 수 없는 한 부분을 확 떼어갔다. 어느 곳을 보든지 공허함이 자리잡고 있었다. 우리는 각각 다른 방향으로 향했다. 혼자 있는 시간이 필요해서였다. 나는 정원에 바로 가서 땅을 파고 일을 하고 싶었다. 당장 땅을 팔 필요는 없었지만 그래도 나는 계속 작업을 했다. 꾸준히, 뜨거운 태양 아래서, 몸을 움직여 생각을 억누르며 말이다. 한 시간쯤 후에 에드워드가 왔다.

"나무를 쪼개고 있었어." 죄를 진 것 마냥 에드워드가 설명했다. 아무도 녀석에게 뭘 했는지 설명해 보라고 요구하지 않았지만.

"뭐하러?" 나는 멍청하게도 이렇게 물었던 거다. "이미 쪼개 놓은 나무가 산더미처럼 쌓여 있는데."

"알아." 에드워드가 말했다. "하지만 더 쪼개 놓는다고 해도 나쁠 거 없잖아. 뭔 일이 일어날지 네가 어떻게 알아? 그러는 너는 뭐하러 이렇게 땅을 파고 있었냐?"

“네가 비가 올 거라고 했잖아.” 내가 서둘러 말했다. “그래서 비 오기 전에 땅을 파야겠다고 생각했지. 제대로 된 정원사라면 내가 옳은 일을 했다고 말할 거야.”

“비가 올 것 같았어.” 에드워드가 말했다. “하지만 비는 지나갔어. 이상한 날씨야. 날씨 때문에 하루 종일 우리는 즐거웠던 것 같아.”

“그래, 날씨 때문이었어.” 내가 대답했다. “나도 즐거웠어.”

날씨는 우리 기분과 아무 상관이 없었다. 하지만 우리 둘 다 우리가 그렇게 느낀 진짜 이유를 인정하고 싶지는 않았다.

푸른색 방

대자연이 인간을 불쌍히 여기는 순간이 있다는 것은 충분히 잘 알려진 사실이다. 세상에 대해 잘 모르는 우리가 볼 때 3월의 어느 날 바람이 포플라 나무 꼭대기에서 노래하거나 흐느끼고, 갑자기 비가 내려 먼지 낀 길을 적시는 것은 완전히 옳은 일처럼 느껴졌다. 이런 3월의 어느 날 나와 에드워드는 역에서 새로운 가정 교사 선생님이 도착하시길 기다리고 있었다. 밀힐 필요도 없지만 이 일은 이모가 사전에 계획한 일이었다. 이모의 생각은 이랬다. 선생님이랑 역에서 만나 같이 오는 동안 우리의 부끄럼 많고 순진 무구한 성격이 드러날 것이고, 이후에 서로의 성격에 대해 더 많이 알아가게 되면 새 선생님과 우리들 간에 존경과 우정이 싹트게 될 거라고. 더도 덜도 아니고 그저 훈훈한 꿈같은 얘기지. 에드워드는 새 선생님의 훈육적 압제 때문에 고통받을 것을 예상하고 있었기 때문에 뚱한 표정으로 뭘 물어봐도 짧은 대답만 했고, 예의 범절이 허락하는 한도 내에서 최대한 불쾌하게 행동하겠다고 다짐하고 있었다. 따라서 내가 대변자요, 공허한 예의 범절의 수호자가 되어야 한다는 것은 자명한 사실로 굳어 버렸다. 나는 그런 일에는 재주가 없었지만 말이다. 예절이라든지 환영인사, 설명, 그리고 여타의 궁정 예절 같은 것을 나는 굉장히 싫어했다. 에드워드와 나의 마음 속에는 격렬한 3월의 날씨같은 것이 도사리고 있었다. 우리는 도착하는 기차의 객실 창문을 뚱한 표정으로 바라보고 있었다.

우리는 어떤 상황이 어렵다고 잘못 판단하기 쉽다. 누군가를 맞이하는 것은 쉬운 일일 수 있다. 시골 사람들 사이에서 선생님을 찾아 내는 것은 어렵지 않았다. 선생님의 커다란 가방이 화물 마차에 실렸고, 선생님이 기차에서 내리셨다. 나는 심혈을 기울여 준비해 온 인사말을 했다. 내 호흡은 좀 더 편해졌고 함께 걸으면서 우리의 새로운 친구를 올려다 보았다. 우리는 좀 더 건조하고 학문적이고 엄격한 것에 의존하는 사이라는 점을 기억하면서. 선생님은 소년 같은 얼굴에 단정치 못한 머리에, 마치 새 처럼 머리를 이리 저리 빠르게 움직이는, 알토의 목소리를 가진 분이었다. 이 모든 것은 매우 낯설고 새로운 것이었지만 불쾌하지는 않았다.

선생님은 마을을 통과하면서 이리 저리 두리번거리셨다. “아름답군.” 선생님이 말씀하셨다. “정말 아름답고 유쾌한 동네야!”

나는 이런 종류의 일에 익숙치 않았기 때문에 에드워드에게 도움의 눈길을 보냈다. 에드워드는 주머니에 손을 찔러 넣고 우울한 표정을 짓고 있었다.

그러는 동안 선생님은 주먹으로 망원경을 만들어서 그 사이로 내게는 안 보이는 뭔가를 보고 계셨다. “대단하군!” 그가 말했다. “15세기라니. 와, 정말!”

나는 상당히 당황스러웠다. 그 장면은 내게 아라비안 나이트의 부츠산 주인을 연상시켰다. 이 선생님은 재미없고 익숙한 이 세상에서 희한한 것을 볼 수 있는 분인 것 같았다.

“아!” 생울타리 사이를 걷고 있을 때 다시 선생님이 소리쳤다. “저 들판을 봐봐. 비 구름도 몰려와 있군. 모든 것이 죄다 데이비드 콕스 풍이야!”

“저 들판은 라르킨 아저씨네 거예요.” 내가 예의바르게 설명했다. 선생님이 그 사실을 알리 없었으므로. "콕스 아지씨네 댁에는 내일 데려다 드릴께요. 그분을 아신다면요. 하지만 그 곳에서 딱히 볼 것은 없어요."

에드워드가 뒤따라오면서 나한테 눈을 찡긋했다. 녀석은 나한테 이렇게 말하는 듯 했다. "이 양반 완전히 정신 나간 사람 아냐?"

"너희 동네는 정말로 전형적인 전원이구나." 우리의 열성 팬이 말했다. "오두막이며 농장이며. 옛 예술품의 유산이랄까. 전형적으로 영국적이고, 신성한 곳이야!"

정말이지 이 선생님은 점점 부담스런 존재가 되어가고 있었다. 우리가 너무나도 잘 알고 있는 이 익숙한 들판과 농장을 이렇게 온갖 미사여구를 동원해서 미화하는 사람을 나는 일찍이 본 적이 없었다. 나는 들판과 농장이 신성하고 아름답다는 생각은 해 본 적이 없었다. 들판과 농장은 그저 들판과 농장이지 뭐. 완전히 실망해서 나는 에드워드의 옆구리를 꾹 찔렀다. 제 정신에서 나오는 대화를 시작하자는 신호였다. 에드워드는 그저 씩 웃었다.

"저기 집이 보이시죠?" 내가 말했다. "저 애는 셀리나고요. 당나귀를 쫓고 있네요. 그게 아니라 당나귀가 셀리나를 쫓고 있는 건가? 잘 모르겠어요. 하지만 어쨌든 셀리나와 당나귀, 보이시죠?"

말하기도 입 아프지만, 순간 선생님의 입에서 갖가지 형용사가 나왔다. 그가 흥분해서 말했다. "대단하고 아주 멋지고 조화롭고! 더 할 것 없이 아주 아름다운 광경이구나!" (나는 에드워드의 얼굴에서 한심해 하는 표정을 읽을 수 있었다.) "저 박공을 보니 연애 문학이 나올 것 같군!"

"다락방 말씀 하시는 거예요?" 내가 말했다. "다락방엔 낡은 가구가 아주 많아요. 사과도 많고요. 처마에서 박쥐도 가끔 나오는데 우리가 빗 같은 걸 가지고 가서 쫓아낼 때까지 막 날아다녀요. 다락방에도 별 거 없어요."

"아, 하지만 박쥐 말고 다른 것도 있을거야." 선생님이 말했다. "그 곳에 유령이 없다고 말하진 말아줘. 유령이 없다는 말을 들으면 실망하게 될 거야."

나는 그 말에 대꾸를 할 필요가 없다고 생각했다. 나는 이런 종류의 대화에는 정말 익숙하지 않았다. 다행히도 집에 거의 다다르고 있었다. 그러면 내 임무도 끝나는 것이었다. 엘리자 숙모가 문간에서 우리를 맞아 주었다. 다시 미사 여구가 마구 튀어 나왔다. 숙모와 선생님은 어른들이 보통 그러하듯 서로 보자마자 대화를 나누는 것이었다. 우리는 문명 세계와 거리를 두기 위해 어른들에게서 슬쩍 빠져나와 집의 뒤 편으로 갔다. 혹시라도 차라도 마시라고 거실로 불러들일까봐서. 한참 뒤 돌아와 보니 새로 오신 양반은 저녁식사를 하기 위해 옷을 갈아입으러 가신 터였다. 이로써 적어도 내일까진 선생님을 다시 만나지 않아도 되었다.

3월의 바람의 점점 거세졌다. 나는 늘 자는 시간에 잠자리에 들었지만 자정쯤 바람 부는 소리에 잠을 깼다. 블라인드 사이로 보니 밝은 달빛 속에서 나무 가지가 이리저리 바람에 흔들리고 있었다. 굴뚝에선 우릉우릉 소리가 났고, 열쇠 구멍으로는 휙휙 바람소리가 들려 왔으며 사방 팔방에서 요란한 소리가 났다. 잠 자기는 틀린 것 같았다. 그래서 나는 침대에 앉아 주위를 돌아봤다. 에드워드도 앉아 있었다. "네가 언제 깰지 기다리고 있었어." 그가 말했다. "이런 날 자려고 노력하는 것은 의미가 없어. 일어나서 뭐든 하자."

"놀이를 하는 거야." 내가 말했다. "바다에 떠 있는 배 놀이 하자. 그리고 어느 섬에서 난파 되는 거야. 혹은 뗏목을 타든가. 네가 좋을 대로 해. 하지만 나는 섬이 좋아. 왜냐하면 섬에선 재미있는 일들이 일어나기 때문이지."

에드워드는 그 생각에 반대했다. "너무 시끄러울 거야." 그가 말했다. "배 놀이하는 것은 재미없어. 배를 열라 잘 젓는다면 모를까."

문이 삐걱대는 소리가 났다. 그리곤 흰 옷을 입은 조그마한 인간 하나가 조심스럽게 들어왔다. "너희들이 이야기하는 소리가 나서." 샬롯이 말했다. "바람 소리가 싫어. 무섭거든. 셀리나도 무서워 해. 개도 곧 올거야. 셀리나는 자기가 좋아하는 새 잠옷을 입고 있어."

에드워드는 무릎에 손을 댄 채 있었다. 그 때 셀리나가 맨발로 나타났다. 새 잠옷을 입고 있으니 가녀리고 커 보였다. 에드워드가 말했다. "우리가 모두 모였어. 나가서 모험하자."

"너는 늘 모험을 하고 싶어 하더라." 내가 말했다. "이 집에서 모험할 게 뭐가 있니?"

"비스켓!" 에드워드가 말했다.

"좋아, 가자!" 갑자기 벌떡 일어나더니 해롤드가 말했다. 그는 계속 깨어 있었다. 다만 우리가 심부름 시킬까 봐 자는 척하고 있었을 뿐.

에드워드가 침대에서 나와서 펑퍼짐하고 낡아빠진 반바지를 제 다리에 꿰었다. 그리고 나선 벨트를 차고 한 쪽에 커다란 나무 권총을 찔러 넣었다. 그리고 다른 한 쪽에는 막대기를 찼다. 그리고 예전에 삼촌이 썼던 커다란 모자를 썼다. 우리는 그 모자를 가이 폭스 놀이나 찰스 2세 놀이를 할 때 쓰곤 했다. 뭘 하든 에드워드는 항상 세심하게 준비를 하곤 하는 녀석이었다. 녀석이 준비를 하는 동안 진정한 엘리자베스시대 사람인 해롤드와 나는 별 신경을 쓰지 않고 가만히 있었다.

우리들은 두목인 에드워드의 명령에 따라 쥐죽은 듯 조용히 행동했다. 에드워드는 우리에게 엘리자 숙모가 문을 열어놓고 잔다는 점을 상기시켰다. 우린 바로 그 문을 지나가야 했던 것.

"푸른 방을 거쳐서 지름길로 가자." 조심성 많은 셀리나가 말했다.

"물론이지." 에드워드가 말했다. "그걸 잊고 있었네. 네가 길을 안내해!"

푸른 방은 아주 옛날에 복도를 만들면서 부가적으로 덧붙여 만든 방인데, 문이 두 개라는 장점을 갖고 있었을 뿐 아니라 우리로 하여금 엘리자 숙모라는 못돼 먹은 용이 있는 방을 거치지 않고도 계단을 오를 수 있게 도와 주었다. 그 방에서는 좀처럼 아무도 살지 않았다. 삼촌들이 자고 갈 때를 빼고는 말이다. 우리는 소리를 내지 않고 방에 들어갔다. 방은 완전히 어둠 속에 묻혀 있었다. 바닥에 비친 달빛 말곤 빛을 내는 물건이 없었다. 그 방을 거쳐서 나가야 했던 것. 가는 동안 셀리나는 자기의 새 잠옷이 질질 끌려 뭐가 묻지는 않았나 참참이 확인하곤 했다. 옷이 깨끗한 것을 확인해서 기분이 좋아진 셀리나는 여자애들이 그러하듯 달빛 가득한 마루 위에서 상상속의 짝이랑 춤을 추듯 칠면조마냥 춤을 추며 걸어갔다. 이런 거동은 에드워드를 자극했다. 잠시 후 녀석은 막대기를 뽑아 들더니 무대 위로 성큼성큼 올라갔다. 결투가 일어났고 결국 셀리나는 칼에 찔려 서서히 죽어갔다. 이후 그 무자비한 기사는 셀리나의 시체를 방에서 들고 나왔다. 우리들은 떼지어서 그 뒤를 따라갔고 기쁨의 몸짓을 했다. 이 공연의 매력은 정말로, 진짜로 아무 소리도 내지 않고 행해야 했다는 점이었다.

다시 어두운 복도로 나와보니 폭풍우 소리가 너무 거세서 우리가 그렇게까지 조용히 행동할 필요가 없었다는 생각이 들었다. 그래서 마치 알프스를 등정하는 사람들이 위험한 지점에서 서로 의지하며 산을 타듯 우리는 서로의 잠옷 끄트머리를 잡고 계단을 내려가서, 어두 컴컴한 복도를 지나, 거실의 반쯤 열린 문틈으로 비치는 희미한 불빛이 다정한 여인숙 불빛마냥 우리를 반기는 지점까지 갔다. 거실에 들어가서 보니 돈 아까운 줄 모르는 우리 집 어른들이 벽 난로 불을 끄지 않고 들어가서 공기가 따뜻했다. 비스켓이 얼른 와서 먹으라는 듯 우리를 보고 웃고 있었다. 옆에는 레몬 자른 것도 있었다. 이미 누군가가 짜 먹었는데 아직도 짜면 즙이 나올 것 같았다. 우리들은 그것을 공평하게 나누어서 사이좋게 먹고 레몬 즙도 돌려가며 짜 먹었다. 그리고는 벽난로에 둥그렇게 웅크리고 앉은 채로 따뜻하게 몸을 덥히면서 일종의 승리감에 도취된 채로 있었다.

"재미있는 일이야." 우리가 잡담하고 있는 와중에 에드워드가 말했다. "나는 이 거실을 낮에는 별로 안 좋아해. 이 곳은 늘 얼굴을 깨끗이 하고, 머리를 단정하게 하고, 재미없는 얘기나 하는 공간이거든. 하지만 오늘 밤 이 곳은 정말로 멋지구나. 어쨌든 굉장히 다르게 보여."

"나는 왜 사람들이 차를 마시러 이 곳에 오는지 모르겠어." 내가 말했다. "원하면 각자 자기 집에서 차를 마시면 되잖아. 가난한 사람들도 아니니까. 잼이랑 이것 저것 먹고, 자기 그릇에 담아서 음식을 먹고, 손가락까지 빨면서 알아서 각자 맛있게 즐기면 되는 거 아니냐구. 하지만 사람들은 먼 길 마다하지 않고 이 곳에 와. 그리고는 주구장창 앉아서 차 한 잔을 놓고 맨날 똑같은 얘기만 늘어놓는단 말이지."

셀리나가 경멸하듯 쳐다봤다. "네가 뭘 알겠니." 셀리나가 말했다. "사회에 살면 서로를 방문해야 하는 거야. 그게 맞는 거지."

"참 나. 너는 사회에 속해 있는 게 아냐." 에드워드가 예의를 차리면서 말했다. "게다가 넌 앞으로도 사회에 속하지 않을거야."

"아니, 언젠가는 나도 사회에 속할 거야." 셀리나가 말했다.

"하지만 너에게는 우리 집에 오라고 하지 않을거야."

"오라고 해도 안 간다." 에드워드가 으르렁댔다.

"어쨌든 넌 우리 집에 올 일 없을 걸." 셀리나가 말했다. 한 마디도 지지 않겠다는 듯. 둘은 투닥거리긴 했지만 진짜로 열 낸 건 아니었다. 이런 것이 우리가 말하는 예의바른 대화였다.

"나는 사교적인 사람들이 싫어." 해롤드가 소파에 큰 대자로 누워 있다가 말했다. 아마 낮에 그러고 있다간 된통 혼났을 테지만. "오늘 오후에 그런 사람들이 왔어. 형들이 역에 갔을 때 말야. 잔디밭에서 죽은 쥐를 발견했는데 그 놈 가죽을 벗기고 싶었어. 그런데 어떻게 해야 할지 모르겠더라고. 좀 지나니까 그 사람들이 정원에 나오더니 내 머리를 쓰다듬더라고. 나는 어른들이 그러는 거 짜증나. 그 사람들 중 한 명이 나한테 꽃을 꺾어다 달라고 했어. 자기가 꺾지 왜 나에게 시켰는지 모르겠어. 하지만 난 말했지. '좋아요. 내 쥐를 잡고 계셔 준다면요." 그러자 그 여자는 소리를 지르더니 내 쥐를 던져 버렸어. 그러자 고양이 아우구스투스가 쥐를 낚아 채더니 갖고 튀어 버렸어. 내 생각에 그 쥐는 고양이 꺼야. 놈은 맨날 뭔가를 잃어버린듯 주위를 두리번거리거든. 그래서 고양이 녀석한테는 유감 없어. 하지만 그 여자는 왜 내 쥐를 던져 버렸을까."

"너는 쥐를 다룰 때는 조심해야 해." 에드워드가 말했다. "쥐는 미끄럽거든. 우리가 피아노 위에서 죽은 쥐를 갖고 놀았던 것을 기억하니? 그 쥐의 이름은 로빈슨 크루소였지. 피아노는 섬이었고. 그러다가 크루소가 섬 속으로 미끄러져 들어갔었잖아. 우리는 녀석을 꺼내주지 못했지. 별 짓 다했어도 안 되자 결국 기술자 아저씨가 왔었던 거 기억나니. 그리고 나서 일 주일 후에…"

이 때 졸고 있던 샬롯이 난로망 위로 떨어졌다. 마침내 바람이 잦아 들었고 집안은 완전히 고요했다. 우리의 빈 침대가 우리를 급히 부르는 것 같았다. 우리 모두는 에드워드가 철수하자는 신호를 보내 와서 기뻤다. 계단 위에서 해롤드가 난간에서 미끄러지는 놀이를 하자고 떼를 썼지만 묵살됐다. 나는 대신에 팔을 잡고 질질 끌고 가는 놀이를 하자고 제안했고, 해롤드는 이에 동의했으며, 그리하여 녀석은 수평으로 누운 채 달빛 비치는 푸른 방을 가로 질러 수동적으로 질질 끌려왔다. 마침내 침대에 편안히 눕자 나는 곧바로 잠에 빠졌다. 그 때 에드워드가 웃는 소리가 들려왔다.

“제길.” 에드워드가 말했다. “잊고 있었어. 새 선생님이 푸른색 방에서 주무시고 계신다는 걸.”

“선생님이 깨서 우리를 잡으러 오지 않아서 다행이야.” 내가 졸린 듯 말했다. 이후 우린 둘다 그 일에 대해서 더는 생각하지 않고 달콤한 잠에 빠져 들었다.

다음 날 아침 우리는 닥쳐 올 불행에 대해 신경을 쓰면서 식탁으로 향했다. 하지만 전날의 그 말 많은 양반이 이상하게도 말 한 마디 없이 열심히 식사만 하고 있는 척을 하는 바람에 적잖이 놀랐다. 게다가 식탁에 선생님은 식탁에 늦게 나타났던 것. 우린 죽 그릇을 싹싹 비운 후 토끼에게 밥을 주려고 나갔다. 우린 토끼들에게 망할 짐승 같은 선생이 와서 앞으로는 너희들과 전처럼 자주 놀지 못할 거라고 말해 주었다.

공부할 시간이 되자 안으로 돌아 온 우리는 마차가 새 선생님을 싣고 저 멀리 사라지고 있는 광경을 보고 깜짝 놀랐다. 엘리자 숙모는 소 죽은 귀신처럼 말이 없는 사람이었다. 하지만 숙모가 하는 말을 얼핏 엿들었는데 그 선생, 혹시 미치광이 아니냐고 했다. 우리 역시 그렇게 생각했다. 이후 우리는 그 선생님에 대해 별 생각을 하지 않았다.

몇 주 후 토마스 삼촌이 우리 집에 잠깐 들러서 주머니에서 '프시케: 보이지 않는 것에 대해서'라는 주간지 최신호를 꺼냈다. 그리고는 도무지 알아들을 수 없는 우스갯소리를 쥐어 짜내려고 했다. 우리는 꾹 참고 들어줬고 예의를 지키느라 억지로 웃어줬다. 우린 삼촌이 꺼낸 그 잡지를 보고 싶었다. 그 중 한 문단이 우리의 생활을 잘 묘사해 주고 있었다. "세번째 경우". 그 내용은 이랬다. "다음 사례는 본 학회의 아주 열성적인 젊은 회원이 전해 준 것이다. 또한 최근에 직접 경험한 실제 상황의 기록임을 밝힌다." 해당 집에 대한 상당히 정확하고 자세한 묘사가 등장했다. 하지만 유령, 밤의 방문객 같은 쓰잘데 없는 것들에 대한 언급이 쏟아졌는데 하나같이 그 글을 쓴 사람이 상상력이 엉망인 정신 나간 인물이라는 것을 증명해 주고 있었다. 게다가 이 작자는 독창성 조차도 없었다. 글의 소재도 폭풍의 치는 밤, 귀신 나오는 방, 흰 옷 입은 여자, 살인 등등 한결 같이 닳고 닳은 성탄 동화에나 나올 법한 것들이었다. 아무도 그 글을 이해 할 수 없었고, 그 글이 조용한 우리 집과 관련되어 있다는 사실을 몰랐다. 하지만 줄창 그 선생님을 의심했던 에드워드는 우리의 단기 선생님이 그 저자라고 주장했다.

무너지다

해롤드는 한참 후에야 내게 이 이야기를 해 주었다. 찔끔찔끔, 그것도 내키지 않아 하면서. 녀석은 이 사건을 별로 이야기하고 싶어하지 않았다. 한 순간의 불행은 빨리 치유되지 않는 상처를 남기기 마련이다. 해롤드는 마치 바다 건너 전쟁터에서 총상을 입고 돌아온 군인처럼 그 얘기를 내게 해 주었다.

해롤드는 그 짓거리를 한 순간 자신이 이상한 놈이라고 생각했다. 셀리나는 녀석을 짜증나게 하려고 했던 것은 아니었다. 그저 위로해 주고 도와 주려던 것. 하지만 해롤드의 마음엔 커다란 상처가 나 있었다. 교실에 몇 시간 갇혀 있는 동안 말이다. 녀석은 7 곱하기 7이 47이라고 대답했기 때문에 갇혀 있었었다. 정말 억울한 일이었다. 왜 47이 49와 다르지? 어떤 숫자는 다른 숫자에 비해 더 아름답거나 하지 않다. 그것은 그저 임의적인 선호의 문제일 뿐 아닌가. 어쨌거나 녀석은 47이라고 주장할 것이었다. 세상이 망할 때까지 말이다. 그리하여 셀리나가 놀이도 마다하고 녀석이 구구단 외는 것을 들어주고 교실에서 풀려 나도록 도와 주기 위해 밖에서 놀다가 안으로 들어왔을 때 해롤드는 그녀에게 불같이 화를 내며 그녀의 친절을 거부하고 그녀의 옆구리를 팔꿈치로 툭 찌르면서 그냥 혼자 있겠다고 고집을 부렸던 것이었다. 녀석은 곧 제정신으로 돌아왔고 분노는 금방 사라졌다. 그러자 해롤드는 잘못을 보상하기 위해 뭔가 영웅적인 일을 할 것이 없나 생각하게 되었다.

물론 가엾은 셀리나는 해롤드가 어떤 희생이나 영웅적인 행동을 하길 바라지 않았다. 그 애는 해롤드에게서 미안하다는 말을 들으려고 했던 것도 아니었다. 해롤드가 사과하면 자신도 사과할 생각이었다. 하지만 그것은 사내 아이들의 방식이 아니었다. 해롤드는 뭔가 확실한 보상을 해 줘야 한다고 생각했다. 그것이 달성되기 전까진 어설픈 사과는 금물이라고 생각했다. 그러면 효과적인 사과가 될 수 없을 테니. 그래서 마침내 해롤드가 교실에서 풀려났을 때, 셀리나는 녀석과 눈을 마주치려 서성대고 있는데도, 녀석은 잘못된 생각에 사로잡혀서 계속 셀리나를 피해 다니다가 결국 나에게 왔다. 해롤드는 사과가 지연될 때마다 속으로 피눈물을 흘리고 있었던 거다.

말할 필요도 없이 나는 그의 계획에 찬성했다. 가서 용서를 구하는 건 누구나 할 수 있는 일인데 반해 녀석의 계획은 상당히 세련되어 보였다. 팔꿈치로 옆구리를 찔린 여자 애가 기분을 빨리 풀 것 같지는 않았다.

"나는 셀리나가 뭘 가장 갖고 싶어 하는지 알아." 해롤드가 말했다. "그 애는 장난감 가게에 진열된, 빨갛고 파란 꽃이 그려진 찻잔 세트를 갖고 싶어해해. 셀리나는 몇 달 동안이나 그걸 갖고 싶어 했어. 왜냐면 그 애가 가진 인형이 진짜 차를 마실 만큼 커졌기 때문이지. 셀리나는 그걸 너무 갖고 싶어하는데도 가질 수 없으니까 읍내에 가도 장난감 가게 쪽으로는 가려고 하질 않아. 하지만 그 찻잔 세트는 5실링이나 한다고!"

잠시 후 우리는 진지하게 작업에 착수했다. 그리고 어떻게 하면 5실링을 모을 수 있겠는지 국회에서 예산 짜듯 오후 내내 연구했다. 그 결과는 이렇다.—

거의 한 주 동안 나타나지 않다가
결국 개 집 짚더미 속에서 발견된
삼촌에게서 받을 돈. 이월됨. . . . 2실링 6펜스

——

이월. 2실링 6펜스

이월합계. 2실링 6펜스

다른 삼촌에게서 받을 돈. 즉,
크리스마스에 안 오실
경우를 대비해서 받을 돈. 1실링

자선 모금함을 칼로 따서
나온 돈. (우리가 강요해서
받아낸 돈). 4펜스

에드워드와 내기해서 딴 돈.
라르킨 씨네 소가 있는 들판을
가로지르는 내기였는데
에드워드가 2펜스를 걸었었음.
간신히 그에게서 받아냄. 2펜스

마사에게서 받을 돈. 즉, 비밀을 지켜 주고
받을 돈. . . 1실링

——

합계 5실링

마침내 우리는 큰 숨을 쉬었다.

그 다음 일은 순조롭게 풀릴 것이었다. 셀리나는 다음 날 다섯 시에 티파티를 열었다. 그 애가 어릴 때부터 갖고 놀은 인형들에게 대접할, 이 빠진 낡은 목재 찻잔 세트로 말이다. 해롤드는 저녁 식사 후에 바로 나갔다. 의심을 사지 않기 위해 혼자 나갔던 것. 왜냐면 우리는 단독으로는 시내에 나갈 수가 없었기 때문이었다. 시내까지는 거의 2마일 정도 됐다. 하지만 그가 갔다가 돌아올 시간은 충분했다. 게다가 그는 푸줏간 주인을 만날 예정이었다. 푸줏간 주인은 그의 친구였기 때문에 마차를 태워줄 것이었다. 그리고 다섯 시에 드디어 새로운 티파티가 열릴 예정이었던 것. 하지만 셀리나는 아무 것도 모른 채로 그날 저녁 시간을 보냈고 무거운 마음으로 잠자리에 들었다.

다음 날 행동 개시할 시간이 다가오자 해롤드는 다년간 연마해 온 실력으로 어른들의 눈을 잘도 피해서 앞 문으로 나갔다. 그를 계속 주시하고 있던 셀리나는 해롤드가 개구리를 잡으러 연못으로 가는가 보다 생각하고 있었다. 원래는 둘이 같이 가려고 했었지만. 셀리나는 해롤드의 뒤를 따라갔다. 하지만 해롤드는 그녀의 발 소리를 듣고도 개의치 않고, 심지어 뒤도 안 돌아본 채로 갈 길을 갔다. 그리하여 셀리나는 향기와 색깔을 잃어버린 꽃밭에서 혼자 서성댔다. 나는 그 모든 걸 다 봤다. 차디찬 이성은 우리 계획이 옳다고 말했지만, 난 본능적으로 우리가 바보 머저리라는 것을 깨달았다.

해롤드는 시내에 도착했다. 녀석은 누이의 기분을 상하게 한 또 다른 양심가가 6개월 간 창문에 진열되어 있던 찻잔 세트를 사 가지나 않았을지 두려워하면서 마구 뛰어갔다. 믿을 수 없었지만 찻잔 세트는 그 자리에 그대로 있었다. 해롤드는 즉시 돈을 지불했다. 혹시라도 주인이 안 판다고 할 까봐서. 그런데 아직 날이 어두워지지 않았고 물건을 진열창에서 꺼내서 포장하려면 시간도 걸릴테니 그 사이에 읍내 구경이나 해 볼까 하는 생각이 들었다. 그래서 해롤드는 상점마다 돌면서 창문에 코를 납작하게 대어 돼지코를 만들어 가며 고무 공도 보고, 기관차도 구경했다. 미용실 창문에는 삼촌들 생각을 나게 하는 가발과 먹으면 맛있을 것 같은 면도 크림이 놓여 있었다. 청과물 상점에는 영국 전체 인구가 다 먹어도 남을 것 같은 양의 포도가 있었다. 은행 창문을 보니 금을 삽으로 푸고 있었다. 금이 그렇게 별 볼일 없는 물건이었던가. 해롤드는 시장에 들어섰다. 떠들썩하니 즐거워 보였다. 도망친 송아지가 대포 알처럼 돌진하는 걸 본 녀석은 자신이 헛살지 않았구나 싶었다. 모든 장소가 즐거움과 흥미 거리들로 가득차 있었기 때문에 해롤드는 자신이 왜 그 곳에 있는지 깜빡 잊어 버리고 있을 정도였다. 그러자 성당의 시계가 눈에 들어왔고 그제서야 녀석은 정신을 차렸다. 해롤드는 얼른 시내에서 빠져 나왔다. 그래야 시간에 맞춰서 집에 도착할 수 있을 테니까. 만약 정해진 시간에 도착하지 못하면 모든 일이 허사가 될 것이었다. 그렇게 되면 가망없는 개 망나니로 낙인 찍히겠지. 이런 일이 벌어지면 구구단을 못 외워서 놀림감이 된 일 정도는 아무 것도 아닌게 되겠지. 그리하여 해롤드는 습관처럼 많은 것을 생각하고, 많은 것을 중얼거리면서 서둘러 집으로 향했다. 거의 반절쯤 왔을 때 갑자기 떠 오른 생각! 내장이 가라앉고, 사지가 굳고, 빛과 음악이 소멸된 세계가 펼쳐지는 듯 했다. 찻잔 세트를 놓고 와 버렸다!

모든 것이 끝났고 끝장이었다. 이제 아무 것도 할 수 있는 것이 없었다. 그럼에도 불구하고 그는 발길을 돌려서 오던 길을 되돌아 갔다. 그는 터져 나오는 눈물을 참으며, 옆 구리에 쥐가 나는 것도 참으면서 뛰고 또 뛰었다. 눈에는 먼지가 가득했고, 그의 마음에는 검은 실망감이 가득했다. 그렇게 뛰고 또 뛰어 다리가 납덩이가 되고 옆구리가 터질 것 같을 때, 마치 운명이 죽어라 공격하는 것 같을 때, 녀석은 길을 돌다가 하마터면 마차 바퀴에 깔릴 뻔 했다. 그런데 마차에서 라르킨 씨가 나오는 것이 아닌가. 라르킨 씨는 녀석의 적이었다. 해롤드는 바로 그 날 아침에도 라르킨 씨의 오리에게 돌팔매질를 했던 것.

만약 해롤드가 정상적인 상태였으면 라르킨 씨 앞에 나타나서 아저씨에게 불쾌한 기억을 떠올리게 하느니 차라리 아저씨가 자신을 보기 전에 울타리 속으로 숨어버렸을 것이었다. 하지만 상황이 상황이니 만큼 해롤드는 아저씨 앞에 서서 에라 모르겠다 하고 엉엉 울어버렸다. 라르킨 씨는 해롤드의 몰골을 놀란 눈으로 바라보면 말했다. "이런, 해롤드구나. 무슨 일이냐? 도망치고 있는 중이니?"

그러자 해롤드는 용기를 발휘해서 아저씨의 마차 계단을 올라가더니 수레에 앉았다. 돌아가고 싶다고 엉엉 울면서 말이다. 무슨 영문인지 알 수가 없었다. 하지만 말보다 행동으로 보여주는 라르킨 씨는 말을 몰아서 시내로 갔다. 그 사이 해롤드는 안정을 되찾고 자초지종을 설명했다. 그들이 가게로 다가갔을 때 한 여인이 꾸러미를 들고 문 앞에 서서 기다리고 있었다. 그들은 곧장 꾸러미를 받아들고 신속하게 집으로 향했다.

라르킨 씨는 다른 사람이 된 듯 했다. 아저씨는 우리가 울타리를 부순 것에 대해서도, 농작물을 밟아 뭉개고 소들을 괴롭힌 것에 대해서도 아무런 얘기를 하지 않았다. 마치 일생동안 소를 한 번도 키워보지 않은 사람 같았다. 대신 라르킨 씨는 찻잔 세트를 두고 벌어진 슬픈 일들에 깊은 관심을 보였다. 또한 마치 자신이 해롤드가 된 양, 녀석이 동의할 수 없었던 산수 문제에 대해서도 깊이 공감했다. 집에 가까워졌을 때 해롤드는 자신이 남자 대 남자로 라르킨 씨와 이야기를 하고 있다는 것을 깨닫고 놀랐다. 해롤드는 마차에서 내리기 전에 셀리나가 티파티를 열게 되면 라르킨 씨 딸도 초대할 것이라고, 그리고 가족 모두를 데리고 오시라고 라르킨 씨에게 말했다. 라르킨 씨는 마치 귀족들의 정원 파티에 초대 받은 것처럼 아주 기분 좋아 보였다. 정말이지 어른들도 찬찬히 보면 좋은 면을 갖고 있었다. 언젠가는 나도 그들을 싫어하는 걸 멈추게 되겠지.

해롤드를 찾느라고 오후 시간을 다 보낸 셀리나는 다섯 시가 되자 자기 인형들과 함께 차를 마시려고 앉아 있었다. 인형들은 정해진 시간이 넘어서까지 기다리려고 하지 않았다. 나무로 만든 찻잔 세트는 평소보다 초라해 보였다. 인형들도 평소보다 더 지저분하고 멍청해 보였다. 그 때 해롤드가 꾀죄죄한 모습으로 문을 박차고 들어왔다. 양말은 다 벗겨져 있고 뺨에는 눈물 자국이 선명한 채로. 그제서야 셀리나는 해롤드가 자신에게 화를 낸 이후로 계속 자신을 생각하고 있었다는 것을 알게 되었다. 그 날 저녁 셀리나는 유리 눈을 단, 딱딱한 무릎을 가진 인형들에게 매우 기쁘게 호의를 베풀었다. 인형들은 바보같은 말을 하면 평소에는 심하게 혼났겠지만 그날은 생일이라도 된 듯 전혀 혼나지 않았다.

하지만 천치같은 사내 아이들인 나와 해롤드는 셀리나가 자신이 원하던 찻잔 세트를 갖게 되어 마음이 풀렸다고 생각하고 있었다.

놀만큼 놀았느니라

어른들이 하는 수많은 어리석은 생각 중 최고봉은 이거다. 어른이니까 이름, 날짜, 그 밖의 것들을 언급하지 않는 한 우리에 관한 이야기라 하더라도 우리가 듣고 있는 곳에서 자유롭게 할 수 있다는 것. 우리는 마치 2 더하기 2 조차도 할 수 없는 존재들로 간주되었다. 말을 하면 밥벌이를 해야 할 지도 모르니 현명하게 말을 하지 않는 원숭이들처럼 우리는 우리의 능력을 숨기며 살았다. 그리하여 실망한 어른들은 우리를 매사 무관심하고 심드렁한 존재들로 생각하기 일쑤였다.

매일 편지가 왔고 그에 비례하여 어른들 사이에 수상한 의논이 오고 갔다. 편지에 의하면 토마스 삼촌이 어떤 임무, 즉 우리와 관련된 임무를 맡게 됐다는 것. 토마스 삼촌의 임무는 다양했다. 제 잘난 맛에 사는 삼촌은 일을 좋아 하면서도 한편으론 부담감 때문에 죽을 맛이라고 불평했다. 가게에 가서 물건을 사 오거나 요리사를 고용하는 것 같은 임무들은 삼촌의 공허한 런던 생활에 다채로운 색깔과 변화를 주었다. 하지만 우리가 있는 데서 그 일이 고갯짓과 대명사로 언급되고, 대화가 중단되기도 하며, 붉어가 등장하자, 경고의 깃발이 올라갔다. 애써 관심 없는 척했지만 오래지 않아 결국 우리는 궁금증을 해결하게 되었다.

문제를 풀기 위해 우린 마사를 공략했다. 하지만 단순히 질문을 하는게 아니라 (그런 방식은 도움이 안 된다) '학교 얘기가 나오고 있으며, 우리도 다 알고 있다, 그러니 모른다고 하지 마라' 라는 식으로 얘기를 던지는 것이다. 마사는 믿을 만한 사람이었으나 방어에는 약했다. 따라서 우리는 곧 마사에게서 궁금한 것을 캐낼 수 있었다. 학교가 이미 선택되었다는 말이 여기저기서 흘러 나오고 있었다. 그리고 에드워드가 희생양이 되었다는 소문까지도.

우리에게 학교라는 것은 낯설고도 알 수 없는, 하지만 피할 수 없는 것이었다. 하지만 우리는 한 번도 그것이 진짜 의미하는 바에 대해서 진지하게 생각해 본 적이 없었다. 하지만 이제 우울한 그림자가 어른거리고 있었고 우리 중 한 녀석에게 그 마수를 뻗치고 있었다. 불행히도 우리가 갖고 있는 정보는 형편없이 부족했다. 그리고 우리는 정확한 정보를 얻기 위해 누구에게 도움을 요청해야 하는지도 몰랐다. 물론 토마스 삼촌이 답을 줄 수도 있을 거다. 삼촌은 아주 옛날에 학교에 다닌 적이 있으니. 하지만 삼촌은 이제까지의 경험으로 보건대 실없는 농담이나 하는, 그러니까 같이 얘기하기에 무척 지루한 사람이었다. 어떤 사람은 학교를 맘껏 노는 곳, 해방의 공간, 성인이 되기 위해 거쳐야 하는 곳이라고 했다. 또 어떤 사람은—대부분이 그렇게 말하지만—지옥 같은 곳이라고 했다. 에드워드가 가슴을 내밀고 신나게 으스대며 다니는 것을 보았을 때 나는 녀석이 자신의 미래를 하나의 측면에서만 보고 있다는 것을 알았다. 반대로 녀석이 풀이 죽고 온순하며 누이들이랑 놀려고 하는 걸 보면 녀석의 마음 속에서 다른 측면에 대한 인식이 슬슬 올라오고 있는구나 싶었다. 그럴 때면 나는 위로 차원에서 이렇게 말해 주었다. "도망치고 싶으면 도망칠 수 있어." 그 말을 들으면 에드워드는 이내 언제 그랬냐는듯 밝아지는 것이었다.

물론 당장 걱정을 해야 하는 사람은 에드워드였다. 하지만 곧 내 위치와 환경에도 변화가 있을 것이었기 때문에 나 역시 음울한 생각을 떨칠 수 없었다. 지금까지 나는 대부분 명령에 복종하며 살았다. 내가 어떤 계획을 가지고 있을때 조차도 나는 에드워드의 명령에 따랐었다. 왜냐면 에드워드가 가장 나이가 많았으므로. 그리하여 나는 책임감이라는 것에 대해 생각하게 되었다. 그리고 그것이 얼마나 성가신 것인가에 대해서도. 정말이지 새로운 위치를 갖게 되면 그에 따른 책임도 따르는 법이었다.

에드워드는 고압적이고 상당히 좁은 소견을 갖고 있었다. 녀석은 탄탄한 사실은 굉장히 좋아하고 허구는 굉장히 싫어했다. 이제부터 나는 자유로워질 것이었다. 어떤 일을 계획하고 실행에 옮길 때 좀 더 예술적인 목적을 위해서 뭔가를 받아들이기도 하고 거절하기도 할 수 있을 테니.

나는 더 이상 급진주의자처럼 행동할 필요가 없었다. 사실 나는 천성적으로 급진주의자는 아니었다. 어느 날 에드워드는 우리의 작은 공화국안에 상원을 만들자고 제안했다. 에드워드의 제안은 상당히 괜찮았다. 하지만 녀석은 자신이 상원이 되겠다고 말했던 것이다. 녀석을 제외한 우리들은 하원이 되고. 에드워드는 물론 업적에 따라 남녀를 막론하고 승진이라는 것이 있을 거라고 말했다. 그리고 특별히 나는 신속히 승진시켜 주겠다고 약속했다. 하지만 나는 에드워드 혼자 상원이면 문제가 있을 것이라고 말했다. 그리고는 모든 것이 썩었으며 상원 나부랭이는 아무 짝에도 쓸모없는 물건이라고 항의했다. "그렇다면 너는 천박한 급진주의자구나!" 에드워드가 경멸조로 말했다. 나는 그 상황을 받아들였고 단호하게 나는 천박한 급진주의자라고 말했다. 이후 나는 이 괴물같은 이미지를 달고 살았다. 하지만 이젠 그 이미지를 벗고 다시 세상과 맞설 수 있게 된 거다.

하지만 그것을 얻는게 무슨 소용인가. 잃을 것들이 눈에 환히 들어오는데. 이제부터 나는 어른들과 아이들의 완충 역할을 해야 했다. 에드워드에게는 이 일이 아무 것도 아니었다. 그는 꿈쩍하지 않고 어른들의 영향력을 버텨냈다. 하지만 내가 그 일을 할 수 있을까. 평화와 조용함을 위해 중재하고, 타협해야 하는데, 그건 위험 부담을 안고 있는 일 아닌가. 계속 그러다간 결국 한 점 나무랄 데 없는 도덕 군자가 되는 건 아닐까. 난 내 생각을 여기에 질서 정연하게 늘어 놓고 싶진 않다. 그 옛날 행복했던 시기엔 막연한 생각들을 단어라는 부정확한 매체로 질서 정연하게 옮기지 않아도 되었다. 하지만 나는 그렇게 섬세함을 요하는 직책엔 어울리지 않는다는 생각이 밀려 왔던 건 사실이다.

새 옷을 입은 에드워드를 보니 뭔가 대단한 후광이 에드워드의 주위를 감싸는 것 같았다. 게다가 녀석의 거동은 더 책임감 넘치고 훌륭해 보이는 것 같았다. 에드워드의 가방과 준비물이 도착하자 미래에 속한 녀석과 아직도 과거에 머물러 있는 우리들 사이에 엄청난 간극이 존재하는 것 같았다. 등교를 위한 준비물에는 큰 글씨로 그의 이름이 써 있었다. 이후 에드워드는 갑자기 사라졌다가 다시 나타나서 자기의 짐 주위를 돌아다녔는데 그럴 때면 얼빠진 듯 "에드워드…"라고 중얼대는 것이었다. 물론 이런 행동은 그의 약해 빠진 면을 보여 주고 있었다. 하지만 자신의 이름이 처음으로 인쇄된 것을 보았을 때 경험했던 강렬한 느낌을 기억하는 사람이라면 녀석에 대해 심한 말을 하진 않을 것이다.

하루 하루가 재빨리 지나가고 점점 우리 주위에 우울한 그림자가 느리워시자 부자연스럽기 짜이없는 예의라는 것이 공기 중에 떠다니는 것이 느껴졌다. 에드워드는 점점 "죄송한데요" 라든지, "미안하지만 공 좀 갖다 주실래요"와 같은 말을 사용해서 우리를 당황시켰다. 우린 녀석이 원래 어떤 성격인지 잘 알고 있었기 때문이다. 여자 애들은 에드워드 앞에서 굽신대기 바빴다. 어른들 역시 자신들이 지금껏 에드워드를 잘못 평가하고 있었다는 점을 공개적으로 인정하는 분위기였다. 전반적으로 상황은 긴장과 거짓으로 가득찼다. 그리하여 나는 비로소 끝이 왔을 때 안도감을 느꼈다.

물론 우리 모두 역에 나갔다. 그 당시만 해도 누군가를 배웅하러 나가는 것은 웃기는 일이 아니었으므로. 에드워드는 무리 중 가장 핵심적이고 중요한 인물이었다. 우리가 걷고 있을 때 나는 에드워드에게 말했다. 라르킨 씨에게 에드워드가 휴일에 올 때까지 돼지를 더 죽이지는 말아달라고 부탁하겠다고 말이다. 그랬더니 녀석은 내게 제대로 된 새총을 보내 주겠다고 말했다. 새총으로 말할 것 같으면 애들 장난감이 아니라 정말로 치명적인 무기다. 우리가 반 쯤 왔을 때 갑자기 여자애 중의 한 명이 훌쩍거리기 시작했다.

배멀미를 하는 사람을 보고 감히 비웃을 수 있는, 축복받은 소수의 인간들 중 하나라 해도 눈 앞에서 동료 여행자가 고꾸라지는 것을 보게 되면 서둘러 못된 자만심을 접고 이후에는 좀 더 겸손하게 행동하기 마련이다. 에드워드 역시 그랬다. 녀석은 여자 애가 우는 걸 보고 얼굴을 옆으로 돌렸다. 마치 풍경을 보느라 정신 없다는 듯 말이다. 녀석이 그러는 것도 단지 잠깐 동안이었다. 이내 에드워드는 쓰고 있던 모자에 신경을 썼다. 녀석은 모자를 벗어서 이리 저리 살펴 본 다음 다시 썼다. 모자가 그에게 힘을 주는 모양이었다. 녀석은 이제 어른이었다.

역에 도착했을 때 에드워드는 사람들이 상자에 쓰인 자신의 자랑스런 이름을 볼 수 있도록 이름이 전면에 나타나도록 짐을 싣는데 열심이었다. 학교에 처음 가는 날은 한 번 뿐이니까! 그리고 나서 에드워드는 차표를 유심히 살펴 보았다. 그리고 돈을 점검하고 다시 용기를 냈다. 우리는 이제 할 말도 별로 없었다. 그저 희생자가 제단에 올려지는 것을 조용히 지켜보고 있을 뿐이었다. 어른처럼 새 옷을 차려 입은 에드워드를 보았을 때, 그리고 딱딱한 모자를 쓰고 주머니에는 기차표를 넣고 다른 주머니에는 용돈(누구 허락도 받을 필요 없이 쓰고 싶을 때 쓸 수 있는 돈 말이다)을 갖고 있는 에드워드를 보았을 때, 나는 그와 우리 사이의 엄청난 간극을 깨닫게 됐다. 다행히도 당시 나는 이 작은 플랫폼 위에서 구 질서가 사라지려 하고 있으며, 에드워드가 우리 곁으로 다시 돌아온다 해도 그건 예전의 에드워드가 아닐 것이며 모든 것은 예전과 같지 않을 것이라는 점을 깨달을 정도로 어른스럽진 않았다.

기차가 마침내 증기를 내뿜었을 때 우리는 편하게, 그리고 영예롭게 좌석에 앉아있을 에드워드를 상상해 보았다. 승무원이 에드워드를 문에서 가장 가까운 자리에 앉혔다. 기차가 움직이기 시작하자 에드워드의 머리가 창문 밖으로 나왔다. 그는 중요한 순간에 보여주려고 아끼고 아껴뒀던 멋진 미소를 우리에게 보냈다. 서서히 멀어져 가는 기차 속에 있는 그의 얼굴이 매우 작고 하얗게 보였다. 하지만 우리는 여전히 그의 다부지고 멋진 미소를 볼 수 있었다. 기차가 우리의 시야에서 벗어나 돌아가자 그의 모습도 사라져 버렸다. 그는 드디어 경쟁과 분투가 도사리고 있는 바쁜 세상, 새로운 삶으로 향한 것이었다.

게가 다리를 잃으면 몸짓은 평소보다 어색하고 우스꽝스러워진다. 하지만 시간과 자연은 게에게 다시 다리를 내어준다. 우리는 역에서 나왔다. 내내 굉장히 조용했던 해롤드는 내 곁에 찰싹 붙어 있었다. 나는 그가 유지할 수 있는 유일한, 그러나 약한 지주였다. 앞서 걸어가고 있는 여자애들은 머리를 맞대고 다가오는 휴일에 뭐할지 이야기 꽃을 피우고 있었다. 마침내 집에 도착하자 해롤드는 놀이를 하자고 제안했다. 우리는 최선을 다해 놀이를 했으나 별 재미가 없었다. 나는 다른 놀이도 해 보자고 제안했으나 역시 재미없긴 매한가지였다. 그래서 결국 우리는 뒤집혀진 손수레에 조용히 앉아 있었다. 주먹으로 턱을 괴고, 갑자기 바뀌어진 상황을 바라보면서 말이다.

그 동안 셀리나와 샬롯은 에드워드의 토끼들에게 먹이를 주느라 바빴다. 녀석의 쥐들이 사는 우리도 청소해 주고 말이다. 쥐들은 미친듯이 날뛰고 있었다. 그 애들은 율리시즈의 귀환을 대비하여 새로운 화살과 활, 채찍, 배, 총, 마구를 만들 재료도 착실히 모으고 있었다. 여자 애들은 그 영웅이 돌아오면 자신들이 한 서툰 일들을 경멸적으로 바라 볼 것이라는 생각을 전혀 하지 못하고 있었다. 그래 봐야 어린 애들이나 하는 일들! 이 애들은 모르는 것이이 너무나 많았다. 이 비밀의 이 베일이 벗겨지고 여자 애들이 3개월 후에 돌아올 에드워드, 즉 누더기 옷을 입고, 거친 말을 하고, 관습을 무시하고, 어떠한 육체적 고통에도 꿈쩍하지 않고, 30분 만에 인형을 갈기갈기 찢어서 신뢰라는 것을 박살낼, 다시 말해 스페인 해에서 방금 돌아 와 으스대며 돌아다니는 선장과도 같은 에드워드를 보게 된다면, 자기들이 에드워드의 복귀를 대비해 정성스럽게 한 일들이 녀석에게 얼마나 한심해 보일지 깨닫게 될까. 하지만 우리 중 누가 미래를 볼 수 있겠는가. 그저 미래에 환멸이 도사리고 있을지라도 여자 애들의 행동이 올바른 행동이었기만을 바랄 뿐이었다.

우리는 어릴 때든 성인이 되어서든 우리가 어느 순간에 행했던 일이 다른 사람에게 뿐만 아니라 우리 자신에게 어떠한 영향을 끼칠 것인지에 대해 절대 알 수 없다는 사실에 대해 감사해야 할 것이다. 이렇게 해서 우리는 옆에서 보기에도 한심해 보이는 열정과 더불어, 우스꽝스러운 복종의 단계에서 벗어나 또 다른 잘못된 열정의 단계에 진입하게 되는 것이다. 우리가 라다만투스처럼 판단한들, 즉 우리의 그러한 변화가 제대로 된 성공인지 아니면 애들 장난 수준에 그친 것인지를 판단한들 누가 상관할 것인가.

끝.

작품 해설

케네스 그레이엄Kenneth Grahame의 『황금시대*The Golden Age*』는 1895년에 초판 발행되었다. 이 작품은 어린 시절에 대한 회상을 담은, 일종의 '어린 시절 백과 사전'이라고 말할 수 있겠다. 우리 모두 어린 시절을 거쳤지만 대부분은 우리가 한 때 어린이였다는 사실을 잊고 산다. 그렇기 때문에 어른이 된 우리는 어린 아이들을 보면 신기해한다. 우리 역시 먼 옛날, 누군가, 어떤 어른의 마음속에 호기심과 즐거움을 불러일으키는 어린이였었다는 것을 잊은 채로 말이다. 그렇게 잊고, 그렇게 신기해하고, 그리곤 다시 잊고, 다시 신기해하고, 그게 바로 우리의 삶이다. 잊지 않으면 기쁨도, 즐거움도, 신기함도, 호기심도 없다. 누군가는 잊는 것은 절망스런 것이라고, 피해야 할 것이라고 말하고 싶을지도 모른다. 물론 그렇다. 잊는다는 것, 자기의 과거, 자신과 가까운 타인의 과거를 잊는다는 건, 하늘이 무너지는 것 같은 슬픈 일이다. 표현할 수 없이 슬픈 일이다. 하지만 나는 이렇게도 생각해 보고 싶다. 잊는 건, 어떤 면에서는, 기쁨의 원인이 될 수도 있다고. 잊지 않는다면 새로울 것 없는 이 세상에 새로울 것이 뭐가 있겠는가. 삶은, 때로는, 몰라서 새롭고, 잊어서 새롭다.

『황금시대』는 바로 잃어버린, 혹은 잊어버린 어린 시절에 대한 이야기다. 우리는 보통 소중한 것, 귀한 것은 언젠가는 잃거나 잊는다. 삶은, 그리고 삶을 움직이는 시간이라는 녀석은 우리가 소중한 것을 영원히 손에 쥐고 있도록 허락하지 않는다. 우리는 하나하나 잃어간다. 얻었나 싶으면 어느 새 우리 손에서 빠져 나가 있는 우리를 둘러싼 모든 것들. 하물며 우리 자신조차도 우리 손에서 빠져 나가지 않는가. 우리는 그걸 죽음이라 부른다.

그레이엄의 『황금시대』는 아직 죽음을 모르는, 시간의 마수에서 아직은 자유로운 어린이들에 대한 서사다. 작품에 등장하는 어린이들은 서로 투닥거리기도 하고, 천방지축으로 모험을 찾아 떠나기도 하고, 자잘자잘한 사고를 쳐서 어른의 꾸중을 듣기도 하고, 그 어른에게 나름의 복수—독자가 보기엔 앙증맞고 어설프기 짝이 없지만 아이가 생각하기엔 상당히 치명적인 복수—를 하기도 하고, 어른의 눈을 피해 또 다시 사고를 칠 궁리를 하기도 하는, 지극히 평범한 아이들이다. 작품 속에서 아이들은 이렇게 놀고, 투닥거리고, 모험하면서 성장해 나간다.

어른으로.

이 소설 속의 아이들은 소설이 진행됨에 따라서 어른으로 성장해 나간다.

그리하여 독자는 소설의 마지막에 이르면 어른의 세계로 가는 문턱에 한 발을 딛고 서 있는 아이 혹은 아이들과 만나게 된다.

> "새 옷을 입은 에드워드를 보니 뭔가 대단한 후광이 에드워드의 주위를 감싸는 것 같았다. 게다가 녀석의 거동은 더 책임감 넘치고 훌륭해 보이는 것 같았다. 에드워드의 가방과 순비물이 도착하자 미래에 속한 녀석과 아직도 과거에 머물러 있는 우리들 사이에 엄청난 간극이 존재하는 것 같았다".

소설의 결말부에서 '나'는 입학 준비를 하는 에드워드를 착잡한 심정으로 관찰한다. 아직 학교에 갈 나이가 되지 않은 '우리들'과 새 옷을 입고 의젓하기 짝이 없이 행동하는 에드워드 사이에 존재하는 '엄청난 간극'. '과거에 머물러 있는 우리들'과 '미래'에 속해있는 에드워드 사이에 존재하는 '엄청난 간극'은 '나'를 상당히 당황시킨다. '내'가 당황하는 이유는 '나' 역시 어쩔 수 없이 '미래'로, 학교로 가야만 하는 날이, 어른이 되어야만 하는 날이 머지않았음을 직감하기 때문이다.

에드워드가 어른의 세계로 진입하는 장면을 좀 더 보자.

> "하루 하루가 재빨리 지나가고 점점 우리 주위에 우울한 그림자가 드리워지자 부자연스럽기 짝이없는 예의라는 것이 공기 중에 떠다니는 것이 느껴졌다. 에드워드는 점점 "죄송한데요" 라든지, "미안하지만 공 좀 갖다 주실래요"와 같은 말을 사용해서 우리를 당황시켰다. 우린 녀석이 원래 어떤 성격인지 잘 알고 있었기 때문이다…. 전반적으로 상황은 긴장과 거짓으로 가득찼다".

어른이 되려고 기를 쓰고 있는 에드워드를 보며 '나'는 답답한 마음을 금할 수가 없다. 위 인용문에서 나타나는 것처럼, 어른이 되는 길은 '우울'해지는 과정, 나아가 지켜보는 사람까지 '우울'해지게 만드는 과정을 수반한다. '내'가 보기에 어른스럽게 행동하는 에드워드는 '부자연스럽기 짝이 없'다. '나'

는 이렇게 말하고 싶은 것 같다.

왜 그러고 사냐.
대체 왜 그러고 살어.

어른이 된 자는 더 이상 왜 그러고 사는지에 대해 궁금해 하지 않는다.

'긴장과 거짓'으로 가득 찬 어른들의 세계.

눈치 싸움하느라 '긴장과 거짓'이 끊일 날이 없는, 피곤하기 짝이 없는 어른들의 세계.

바로 이 세계에 들어오려고 애써 어른 흉내를 내려는 에드워드.

이런 어린애는 어른의 눈으로 보면 이른스럽고 기특한 녀석이지만 같은 또래의 아이, 예컨대 '나'의 눈으로 보면 어설프고, 우스꽝스럽고, 보는 사람까지 불편하게 만드는 민폐 덩어리인 것이다.

우리도 그랬을까.

우리도 어른의 세계로 들어오려고 어른 흉내를 내던 시기가 있었을까.

당연히 있었겠지. 그렇다면, 우리는 어른 흉내를 내기 위해 어떤 행동을 했었을까.

그레이엄의 『황금시대』가 우리에게 던지는 질문이다.

그레이엄은 우리에게 어린 시절의 우리를 기억해 보라고 소설 내내 속삭인다.

기억해 보시지요.

기억 속에 있는 당신의 어린 시절의 모습과 현재의 모습은 많이 다른가요?

그레이엄은 어른이 된다는 것은 무엇인지에 대해 조금 더 구체적으로 설명해 준다.

"녀석은 여자 애가 우는 걸 보고 얼굴을 옆으로 돌렸다. 마치 풍경을 보느라 정신 없다는 듯 말이다. 녀석이 그러는 것도 단지 잠깐 동안이었다. 이내 에드워드는 쓰고 있던 모자에 신경을 썼다. 녀석은 모자를 벗어서 이리 저리 살펴 본 다음 다시 썼다. 모자가 그에게 힘을 주는 모양이었다. 녀석은 이제 어른이었다".

어른이 된다는 것은 같이 뛰놀던 '여자 애'가 우는 것을 보고도 못 본 척 하는 것이고, 다시 말해 '긴장과 거짓'으로 감정을 숨기는 것이고, '모자'에, '힘을 주는' 모자에 더 신경을 쓰는 것이다. 어른이 된다는 것은 감정보다 '힘'을 더 중요하게 생각한다는 것을 의미한다.

지금까지 살펴보았듯, 소설의 결말부에서 그려지는 바, 어른이 되려 하는 아이, 좀 더 정확히 말하자면, 시간이라는 불한당의 우악스런 힘에 밀려 어른이 되도록 등 떠 밀리는 아이는 하나도 즐거워 보이지 않는다. 그 아이를 보는 다른 아이들 역시 하나도 즐거워 보이지 않는다. 그리고 그 아이와 그 아이를 보는 다른 아이들을 보는 독자 역시 하나도 즐겁지 않다. 하지만 즐겁지 않은들 어쩔 건가. 시간 앞에선 마치 죄인이나 된 듯 기를 펼 수 없는 것이 인간인 것을.

그레이엄은 영국 출신, 엄밀히 말하면 스코틀란드의 에딘브라Edinburgh 출신이다. (사족이지만 우리가 영국인으로 두루뭉술하게 알고 있는 많은 저명 인사들이 스코틀란드 출신이다. 예컨대 제임스 와트James Watt, 아서 코난 도일Arthur Conan Doyle, 아담 스미스Adam Smith, 안드루 카네기Andrew Carnegie, 토니 블레어Tony Blair 등등.) 그레이엄은 아동문학가로서 1898년에 『고민하는 용*The Reluctant Dragon*』을, 1908년에 『버드나무에 스치는 바람*The Wind in the Willows*』을 출판했다.

그레이엄의 어린 시절은 행복하지 못했다. 그가 다섯 살이 되던 해, 어머니가 병으로 세상을 떠나자 아버지는 어린 그와 형제들을 영국에 있는 할머니 댁에 맡겨 버렸다. 다행히도 할머니 댁은 아이들이 뛰어 놀기에 최적의 장소였다. 주위에는 숲과 강이 있었으니 애들이 놀기에 이보다 더 좋은 장소가 어디 있었겠는가. 『황금시대』에는 자연 속에서 거침없이 뛰어노는 아이들의 모습이 매우 자주 등장하는데 이는 작가가 어린 시절, 할머니 댁을 둘러싼 자연 속에서 뛰논 경험에서 탄생한 묘사가 아닐까 한다. 나아가 우리는 『황금시대』를 이렇게 볼 수도 있을 것이다. 어머니의 부재로 행복하지 못했던 작가가 자신의 어린 시절을 회상하고 이를 문학적 상상력을 통해 재해석하고 재구성한 작품으로 말이다.

『황금시대』는 어린이의 눈으로 본 세상을 그리고 있다. 주인공인 '나'는 어른들의 세계가 한심하기 짝이 없다고 생각한다. '나'는 신랄한 어조로 어른의 세계를 공격한다.

> "이 어른-신들은 예컨대 식사 중에 이런 저런 사회, 정치적 아둔함에 대해 말하면서 마치 이런 것들이 인

생의 중요한 사안이라도 되는 양 이야기를 하고 또 했는데 이 점은 정말이지 아무리 생각해도 매번 놀라운 일이었다. 예지력을 가진 철인인 우리 어린이들은 조용히 밥이나 먹고 있었지만 사실 머리 속에는 갖가지 계획과 음모가 가득차 있었고 어른들에게 인생이란 뭔지 한 수 가르쳐 줄 수도 있었다. 우리는 그저 집 밖에서만 그런 것을 공유했다. 물론 우리는 어른들에게 우리의 생각을 드러내는 바보짓 따위는 하지 않았다. 그런 짓이 얼마나 쓸데없는가는 증명된 지 오래 됐으니. 생각과 목적이라는 것이 있던 우리, 적대적인 어떤 힘, 반드시 피해야 하는 어떤 힘에 맞서 필연적으로 싸워야 했던 우리에게는 우리 자신 말고는 친구가 없었다".

이 어린 아이가 어른을 '어른-신'으로 부르는 점이 상당히 흥미롭다. '나'는 어른들이 식사 중에 먹으라는 밥은 안 먹고 열정적으로 침을 튀겨가며 마치 자신의 생사가 걸린 양, 세상 돌아가는 일에 대해 토론하는 것, 정확히 말하면, 그냥 자기가 하고 싶은 말을 하기 위해 남보다 더 큰 목소리로 떠들어대는 것을 도저히 이해할 수가 없다. 여기에서 묘한 대비가 일어난다. '나'는 어른을 '아둔한' 존재로, 어린이를 '예지력을 가진 철인'으로 묘사한다. 그러면서 어른들의 세계와 분명한 선을 긋는다. 이 아이가 보기에 어른들은 도무지 말이 안 통하는 존재, 무슨 말을 해도 알아듣지 못하는 존재, 혹은 알아들으려는 노력 자체를 하지 않는 존재, 혹은 남의 말은 들을 필요도 없다고 생각하는 존재, 한 마디로 겉으로는 인간의 모습을 하고 있되, 인간이 될 가망성이 조금도 없는 존재들인 것이다.

어른들이 벽처럼 느껴지면 느껴질수록 아이는 점점 더 혼자가 되어간다. 다행히도 아이에겐 함께 뛰어놀 수 있는 또래의 친구들이 있고, '나'는 이 친구들을 '우리'라고 명명하며 '우리'와 '어른'의 경계를 분명히 가른다.

> "우리는 어른이라는 이 희한한 존재들로부터 점점 더 멀어져 갔다. 차라리 다정한 짐승들이 더 가깝게 느껴질 정도였던 거다. 어른들은 자기들의 잘못은 인정하거나 심지어 변호하려고도 하지 않으면서 우리들의 권리는 묵살하곤 했는데 이럴 때마다 우리는 이건 아니다, 정의롭지 못하다는 생각을 했고 그 결과 우리는 그들로부터 점점 더 심하게 멀어질 수밖에 없었다".

이 아이가 보기에 어른은 '희한한 존재'다. 어른이 보기에도

'희한한' 어른들이 차고 넘치는데 아이의 눈에 비친 어른들의 모습은 얼마나 더 '희한'하겠는가. 이 아이의 눈에 들어 온 어른들의 모습은 이렇다. '자기들의 잘못은 인정하거나 심지어 변호하려고도 하지 않으면서 우리들의 권리는 묵살하곤' 하는 것. 다만 같은 상황을 놓고 어른들에게 묻는다면 어른들은 다른 대답을 내놓을 지도 모른다. 예컨대 녀석이 홍수로 물이 불어날 대로 불어난 위험 천만한 강에 가서 친구들이랑 헤엄을 치며 놀겠다고 고집을 부리는데 못 가게 하는 것이 과연 녀석들의 '권리'를 '묵살'하는 것이냐고. 모든 일에 대한 판단은 쌍방의 입장을 들어본 뒤 내릴 일이다.

하지만 쌍방의 입장이라는 것이 있다는 사실을 어린 아이들이 어찌 알겠는가. 어린 애들은 일단 자기 뜻대로 안 되면 서운해 하는 법이다. 성장한다는 것, 사란다는 것은 나를 벗어나서 내 밖으로 나가서 나 자신을 보는 것이다. 다른 사람의 눈으로 나를 볼 수 있다면, 냉정한 눈으로 나를 볼 수 있다면 다 자란 것이다. 다 성장한 것이다. 소설의 결말부에서 우리는 성장의 세계로 한 발 나아가려고 준비하는 아이, 혹은 아이들과 만나게 된다. 『황금시대』는 성장에 대한 소설이다. 그리고 성장의 충격을 적어도 한 번은 겪었으나 그에 대한 기억을 상실해 버린 어른들을 위한 소설이다.

케네스 그레이엄 연보

1859년: 3월 8일, 스코틀랜드 에딘브라Edinburgh에서 출생.

1864년: 어머니 사망. 아버지에 의해 영국에 있는 할머니 댁으로 보내짐.

1879년: 영국 은행the Bank of England에 입사.

1899년: 엘스페스 톰슨Elspeth Thomson과 결혼.

1900년: 아들 알라스터Alastair 출생.

1920년: 알라스터 자살.

1932년: 7월 6일, 73세의 나이로 사망.

케네스 그레이엄(1859–1932)

스코틀란드 에딘브라 출신의 아동 문학가. 『고민하는 용(*The Reluctant Dragon*)』과 『버드나무에 스치는 바람(*The Wind in the Willows*)』을 집필했다. 작가로서 이야기를 쓰기 시작한 것은 자신의 아들을 위해서였다. 따라서 그의 소설들은 다분히 교훈적인 요소를 갖고 있다. 1932년, 영국 버크셔(Berkshire)의 팡번(Pangbourne)에서 73세의 나이로 세상을 떠났다.

옮긴이 **임보라**

전북대학교 영어영문학과를 졸업하고 서울대학교에서 석사 학위를 받았다. 이후 Trinity College Dublin에서 영문학 박사 학위를 받았으며 전북대학교와 서울대학교에서 강의했다. 현재 전북대학교 영어영문학과 교수로 재직 중이다. 번역서로는 『과학 신 앞에 서다』(2014), 번역 논문으로는 「한국과 관련하여—세계화 시대 속의 문학, 문학과 문화의 신 중첩 시대」(2017), 「나의 인생을 만든 갈등들」(2017), 「'우리' 그리고 '그들' 인식하기」(2017)가 있다.

한국어 최초번역

달섬 세계고전 23

황금시대

지은이 케네스 그레이엄
옮긴이 임보라
펴낸이 김동원
펴낸곳 달섬

초판 1쇄 인쇄 2021. 2. 22.
초판 1쇄 발행 2021. 2. 26.

달섬 전라북도 전주시 완산구 어진길 32 (풍남동2가)
전화 (063) 219-5319~5322
FAX (063) 219-5323
출판등록 2012년 8월 20일 제465-2012-000021호

값 10,000원

ISBN 979-11-6372-115-4　04840
ISBN 979-11-6372-001-0(세트)　04080

'달섬'은 전북대학교출판문화원의 임프린트입니다.